JA

〈JA1069〉

灯　　籠

うえむらちか

早川書房

7030

目次

灯籠

私は今、故郷に帰る新幹線の中にいる。自由席の二号車、一番後ろ、二人席の窓側。我ながら絶好のポジショニングだった。

東京から約四時間。窓の外を眺める時間も、車両の中の子供の喧噪に耳を傾ける時間もたっぷりある。

「まだつかんのん？」

「もー新幹線たいぎー」

多分、行先が同じ子どもたちの声。

そうだ。昔を回顧する時間もたっぷりあった。

窓の外を流れて過ぎ去っていく景色が、学校を卒業してからの自分の人生のようだった。楽しくてためにもなり、それなりに有意義な時間だったのに、今振り返ればただの過去。流れて足早に過ぎ去っていくただの記憶だ。

大学を出て、就職して、テンプレートどおりの生活を送って。朝昼晩と毎日同じ生活を繰り返す、そんな日々。色んな選択肢があって、私は敢えてその道を選んできた。

いつも人と違うものを視《み》てきた、その反動もあったのだろう。

変わらない生活の中でも特筆するようなことといえば、恋人ができたことくらいだった。三年付き合って、つい先日別れた。

あの人は、自分の内面を好きになってくれた人だった。

「何がそんなにつまらないの？」そう問うたあの人の顔は、私の奥底に眠る誰かの顔によく似ていた。何かを呼び覚まされるように、付き合った。

「ねぇ、一緒に向き合ってあげよっか？」そう言った顔は、他の誰でもない、あの人自身の顔だった。

あの人は、強い人だった。

「好きよ」「おれも」「大好きよ」そんな時期もあった。

笑顔が眩しいと感じた時もあった。

だけど、

「君は、一緒に前を向いて歩いてくれないんだね」そう、あの人は寂しい顔をした。

「さよなら」そういったあの人の顔は、やっぱり――誰かに似ていたんだ。

一人になって、少しだけ心が寂しくなった。

けれど、ほっとしている自分がいた。

あの人が眩しくて、目を閉じた。それでも光は瞼《まぶた》を閉じても透けて、私を照らした。

それが恐かったのだ。

光が恐かったんじゃない。

光に慣れて、暗いところに一人でいられなくなることが恐かった。

けれど――それもまた、過去のことだ。

それに、実家に帰ることを決めていた自分と、東京にいることを望んでいたあの人とでは、どちらにせよ別れる運命だったのだろう。


そんなことを考えているあいだに、新幹線はもう新大阪を過ぎていた。あと一時間半もしないうちに私は帰郷を果たす。

本当に帰っても良いのだろうか？

あの場所にもう一度、足を踏み入れても良いのだろうか?
迷いながらも、答えはこれに乗った時点で決まっていた。
――もう一度、逢いたい
――私は君に、もう一度だけ逢いたい
――逢って、謝りたかったんだ

「まぁだぁ? まだつかん?」

「もうすぐよ。もうすぐ広島じゃけぇ」

そして――

私は喧噪を耳に、いつの間にか目を瞑《つぶ》って、少しだけ眠りについた。

その眠りの淵で、どこからか、誰かの歌が聞こえた。

第一話「灯籠」

江戸時代の後期、広島城下の八丁堀界隈に立ち並んでいた町家。
現在の紙屋町に住む紙卸商の愛娘が逝去した。
両親はその早過ぎる死をたいそう悼み、そして娘を偲んだ。

「あなた、何を作っているの？」紙卸商の妻が問うた。
紙卸商は竹を削ぎ、組んで、自らが売る高価な紙をそれに貼り付けた。
石灯籠ではなく、娘のために作った盆灯籠。
それを、そっと娘の墓に供え、飾った。

それが、始まり。

山深く、緑萌ゆる、ここはあなたと初めて出会った場所でした。

どうしようもない田舎で、緑しかないのだと、そう言ってしまえば終わってしまうような この場所を、あなたはただ、ただ切なそうに見つめて、綺麗だ。と、そう言ってくれました。郷愁にも似たその羨望を、今も強く刻まれた胸の中からは追い出すことはできないのです。

こんなにも世界が美しく煌《きら》めいていることを教えてくれたあなたを、私は忘れることはないでしょう。

あの頃は目の前が真っ暗で、何をしていても、何を見ても色褪せていた世界を、私を。

救ってくれたあなたを——

私が忘れることはないのです。

1

暑い。汗が茹《ゆ》だるように湧いてきて、額から背中から至《いた》るところを流れていった。一粒、また一粒と滴り落ちた汗が地面を潤しては消えていく。

見渡せば生い茂る草と木々ばかりの山の中。コンクリートで舗装された道は随分前に消えていた。ならされただけの、足場の悪い土の坂道が余計に暑さを感じさせていた。

そういえば東京にいる親戚のおじちゃんが「そんなとこにあるのかい？」と驚いていたっけ。そりゃ山ばかりの広島と、ビルばかりの東京が同じものと考えていたわけではないけど、五分ごとにくる電車の間隔や毎日がお祭りのように人で溢れかえっているという東京の話を聞いて、同じ国内でもそんなに差があるのかと、あの時は信じられない気持ちでいっぱいだった。

八月十三日。

もうすぐ盆がやってくる。

私は自分よりも大きな灯籠を片手に持って、竹でできた柄の先を、半ば引きずるような形で進んでいた。それが楽といえば楽だったのに、そうすることができるのもここまでだった。目の前に迫る土の階段がそれを許さない。ここからきつくなる傾斜に合わせて作ってあるのだろう。しかし、申し訳程度につくられた階段とも呼べそうにない代物を前に、登る気などほとほと失せかけていた。

溜息をつきながら自分が登っていた道を振り返ると、柄の先でえぐれた痕《あと》の向こうに、町の景色が広がっていた。それほど高く登ったつもりはなかったが、ここからなら町の全景が見渡せそうだった。自分が住んでいる、自分の町だ。ちょっと前なら眺めることをしたかもしれない。でも今は見やるだけ。その違いは大きいのだ。

落とし物、みなかった?

ふと、どこからともなく声がした。

その声に弾かれるように辺りを見回した。

と言っても左は斜面で右は山の壁だ。見るところはひとつしかない。

「――お、落とし物？」

反射的に、体を進んでいたほうに向け直して、顔を上げて声を張った。土の階段の先にいるであろう人物に向けて――目の前の傾斜がきつくて姿は見えないが、いるとしたらそこしかない。

こんな山の中で、声をかけられるなんて、珍しいな……と思っていたら、

「何も見なかった？」

声は再び、そこから降ってきた。透き通るような男の人の声だった。

私は思わず階段を駆け上がった。一段登るごとに、声の正体が次第にはっきりとしてくる。登り切ったところで、

「道には何も、何も落ちてなかったよ」

息を弾ませながらそう言った。

目の前には男の人が、木の根元にへたり込むように座っていた。だから、あまり変わらない目線の高さで、少しこげ茶の綺麗な瞳がこちらを覗いていた。

「そう……ありがとう」

吸い込まれるような、消え入りそうな、そんな不思議な目をしていた。なんだろう。胸の中がザワザワとうるさい。

「……具合、悪いん？」

「ちょっと、ね。木陰でひと休み」

その言葉通り青白い顔をして、彼は言った。少し長めの黒髪。その襟足が汗で細い首筋に張り付いている。薄い青色の着物を着た、よく見れば精悍そうな顔立ちをした男の人。それなのに山には似合いそうもない白い肌が不釣り合いで、余計に興味を引かれたのかもしれない。

こんな山の中でひと休み？

おかしな人だなぁと思いつつも、私はその場で足を止めた。

「大丈夫？」

「あぁ……今日は一段と暑いからね……」

その言葉遣いから、この辺の人ではないことが分かる。

「もしかして……迷子なん？」

そう思って訊くと、彼は目を数度瞬《しばたた》かせ、

「どうだろう?」

　と笑った。

　これには虚を衝かれ、つい一緒に笑ってしまう。

「自分が迷子かどうかも分からんのん?」

　しかし、彼は少しも後ろ暗いところはないように私の質問に答えた。

「人は目的地を定めて進み、それを見失って迷子になるけれど、私の場合はそれがないからね」

「……どこかに向かっとる途中じゃないってこと?」

「あぁ、自由気ままに散歩中」

「ここら辺、なんもないよ?」

「そうかな?」

「そうだよ」

　見渡す限り、生い茂る緑の木々に囲まれた山の中。こんなところ用事がなければ来たいなどとは思わない。ただ登るのに疲れるだけの僻陬《へきすう》の地だった。昔はここを遊び場にしていたという話も両親からは聞いたことがあるけれど、今のご時世、外で遊ぶことも少なければ、よしんば外に出て遊んだとしても、整地されたグラウンドや公園に出れば事足りる話だった。

それに付け加えて、最近は不審者が出るからなるべく山へは一人で登らないようにと、学校で注意されていたっけ……。

私は遊びに来たわけではないけれど。

「それはなに？」

「え？」

「君が持っているその面白い形をした竹は、なに？」

彼の視線が、私から私の右手に持っている竹の棒へと移った。それは、百二十センチほどの柄の先に朝顔の形のような竹組が施されている、特殊な形をした竹の棒だった。

「これは――」

「もしかして何かお祭りでもあるのかい？」

「違うんよ、これは……」

「とても綺麗な細工だ。ちょっと見てもいいかな？」

彼の手が少し伸びる。

同時に、

――コノヒトハキケン――

頭の中で警鐘が鳴った。

え……？

足下が掬《すく》われそうな、皮膚がひっくり返りそうな、今まで感じたことのないような不快感が私を襲う。

な、に？　なんだろう……この感覚。恐い。恐いこわいこわい。

正体の見えないこの気持ちが恐ろしくて、必死に理由を探った。

胸の中でザワザワとざわめく音が五月蠅《うるさ》くてうまく考えがまとまらない。

だけど、思いつく理由はいくつかある。

人気の少ない山の中。目の前には見知らぬ男の人。不審者が出るからと注意していた先生の言葉――

「！」

それを思い出した途端、思わず彼の手を払いのけていた。

「？」

「……あ、あの……、その……」

彼が驚いたように手を引いて、それがなんだか凄く悪いことをしたような、まるで間違った答えを引いたような気にさせられて、私は、居心地が悪いこの場を、一刻も早く逃げ出したくて、

「ご、ごめんなさい……!」

「え?」

「ごめんなさい! ごめんなさい!」

驚く彼を背に、走り出していた。

行きはあんなにも時間をかけて歩いた道を転がるように駆け下りた。気が付くと小さな枝葉で擦り切れた手足にピリッとした痛みを感じたけど、それを気に留めている余裕などなかった。コンクリートの道が見えて、ぜぇはぁ……と肩で荒い息をして、肺が悲鳴を上げて、ようやく私は止まった。倒れ込もうとする体を支えるために、膝に手を置いて身体を曲げる。

暫《しばら》く息が整うのを待って、そして——

しまった……！

私はとんでもないことに気付いてしまう。体重を支えている両手は、それだけに必死で、他には何も持っていなかった。

「どうしよう……」

いくら突発的な出来事だったとはいえ、あれを忘れてくるなんて。自分の軽率さを呪った。

＊＊＊

次の日になって、私は改めて山を登った。同じ道を、昨日よりは真剣な足取りで、しっかりと一歩一歩進んだ。

昨日と同じ場所にあれが落ちていることを祈って。

しかし、

「待っていたよ」

昨日と同じ場所に座っていたのは――彼だった。まるで昨日から時が経っていないかのように、同じ形で静座している。

「なっ……」

『なんで?』と声にならなかった声を、彼の澄んだ柔らかい声がさらりと拾う。

「ここにいれば君に会えると思って」

「な、に言よるんよ?」

言っている意味が分からなくて後退《あとずさ》りしそうになる足を、彼の右手が止める。

「はい、落とし物」

そう差し出されたのは、昨日私が忘れていった〝灯籠〟だった。

「大事なもののようだったから」

そうだ。これを取りにきたのだった。

忘れてはならない大切な、大切な盆灯籠《ぼんどうろう》。

「私が盗むと思って慌てさせてしまったかな?」

「あ……」

そうじゃなくて、そんなことは一つも考えていなかったけれど。なんだか突然恐くなって、その理由も分からなくて、どうしていいか分からなくてあの場を去ってしまったなんて、言えなかった。

竹の柄をおずおずと握り締めて受け取りながら、目の前にいる綺麗な瞳をした男の人のことを考える。

まさかこれを渡すためだけにずっとここに……？　私がいつ来るかなんて、ううん、戻ってくるかさえ確かじゃなかったというのに。

「……ありがとう」

自然に言葉が零《こぼ》れ落ちた。それは、なんだか……昨日からずっと、きゅっとしていたお腹の筋肉を緩ませていくようだった。

そこで初めて彼の表情をちゃんと窺うことができた。昨日と同じように色のない、具合の悪そうな顔。そこから、折れそうに細い首筋に大粒の汗が伝っていく。

「あの……これ、使って」

私はポケットにしまってあったハンカチを差し出した。

安心したからか、待たせてしまった罪悪感からか、もう少しだけ話してみたいと思ってしまったのだ。

けれど彼は困ったような顔をして、

「可愛い布を汚してしまうよ」

柔らかく拒んだ。その心配は意味をなさないというのに……。拒んだ手にそのままハンカチを押しつけて渡した。

「いいんよ、どうせ涙で汚れるんじゃけ。汗を拭いてくれた方がこの『可愛い布』にとっても嬉しいことなんよ」

「泣くの？　君が？」

「泣くんよ、私が」

なんて馬鹿なことを言ってしまったんだろう。これじゃまるで……。

「あ、えと、嫌なら、別に——」

「そうか……」

そう、苦しそうに呟いて、彼は「ありがとう」とハンカチを受け取った。着物の襟を少し浮かせてハンカチを皮膚に当てる。その仕草にどぎまぎする。汗を拭う所作が綺麗だなんて、この人以外には思わないだろう。

彼はひと息いれるように息を吐くと、多分、誰もが疑問に思うことを口にした。

「……君は、親御さんと一緒じゃないの？」

年端《としは》も行かぬ子供がひとり、昨日も今日も山の中をうろうろしていたら何をしているのかと心配してしまうのだろう。

「上に。もう少し登ったところにおるよ。――あ。そこに水場もある」

「詳しいんだね」

「うん。一昨日も来たけぇ。案内するよ」

私は片手を伸ばして待った。二度目の拒否は――ない。彼はゆっくりと手を重ねると、私に負担をかけないように腰を上げた。


掌に伝わる彼の体温がひんやりと気持ち良かった。

彼は、水場があると言った私に手を引かれ、山を登った。

そして、

「水場って、この――」

目的地に辿り着く。山道に連なる少しだけ開けた場所。しかし手入れをされている様子もなく下草が生い茂っていた。

「うん、ここ」

「……」

彼は、目を丸くして驚いていた。無理もない。目の前に広がるこの光景を、好きだと言う人はまずいない。そして一人で来るには寂しすぎる場所だろう。

「……あそこから水が出るけぇ、さっきのハンカチ濡らしていいよ」

私は土からにょきりと飛び出て斜めに傾いた、湧水に繋がっているパイプを指してその場所を教えた。けれど、彼は動こうとはしなかった。

「あ、じゃ、私、濡らしてくるよ」

彼の右手に握られたハンカチを奪おうと、手を伸ばした。

そして、

彼が私を掴んだ。

「――――！」

「君は……」

何かを言おうとして、言葉にならない彼の気持ちが胸に突き刺さる。

「だいじょうぶ」

とりあえずは精一杯、丁寧にそう言って、少しでもその同情めいた顔を変えさせたかった。

「大丈夫じゃけ」

だから離して。

私は掴まれた手をやんわり外して、持っていた灯籠を両の手で握り締めた。大丈夫。だいじょうぶ。まだ、私は……震えていない。

「これはね、盆灯籠って言うんよ」

「とうろう？」

「灯す。灯籠」

私の身の丈よりも頭一つ分長い竹。その竹の先が六つに割り広げられて、上部に正六角形の竹の枠を挟み、逆さまになった二等辺三角形の白い和紙が六枚、朝顔の花のように、割り広げられた竹の先に貼りつけられていた。

「昔は、この和紙で囲まれた内側の底にロウソクを立てて、明かりを灯しとったんだって」

「どうして？」

「きっと、お盆に帰ってくる人が、迷わずに帰ってこれるように」

「それは――」

「今は火事とか起きんように、ロウソクを立てることは禁止されて、そこだけなくなったんじゃけどね」

形骸化された灯籠を持ってしゃべりながら、少しだけ歩を進めて、大きな石の前に佇《たたず》んだ。と言っても私より大きいというだけで、他の、周りにある石に比べたらやや小ぶりの侘《わ》びしい石。

だけど代わりに、他の石よりは真新しくて綺麗な石だった。

「これを卒塔婆みたいに、こうやって――」

灰色のプラスチックで出来た細い丸い筒が、石の根元に短く何個か生えている。私はそこに灯籠を刺して、立てた。

「――紹介するね。これがお父さんとお母さん」

そして、自分の父と母を彼に紹介した。

この〝墓石〟が私の両親だった。

「……」

彼が静かに息を呑む。

「灯籠立てたし、大丈夫！　ちゃんと帰って来れるよ」

そのための灯籠だった。たくさんあるお墓の中で、迷わないように、ここに帰ってこられるように。お父さんとお母さんのためだけに灯す、灯籠。

だから私は大丈夫。大丈夫なのに……。

不憫？　可哀想？　見てられない？

そんな顔をされるのには辟易《へきえき》していた。両親が死んでからは、腫れものにでも触るように、誰も近づかなくなって、私から離れていった。

あの日、私と父と母を乗せた車が大破した。目の前に迫って来た大きなトラックを避け切れずに、正面衝突。母はとっさに後部座席を向いて私を守った。シートベルトを外し、身を乗り出して、私が前へ飛ぶのを防いでくれた。そのおかげでフロントガラスと私に挟まれた母の体はぐにゃりと潰れ、亡くなった。

最後までハンドルを切ろうともがいた父は、飛び散った車体の破片が胸に突き刺さって即死だった。一人だけ残されて、一人だけ生き延びて、それは幸せでも、嬉しいことでも何でもなかった。どれだけ悔やんで、どんなに両親と一緒に逝きたかったことか。

無傷で生き延びた私を、奇跡と呼ぶには楽観的すぎて、そのまま受け止めるにはそれはあまりにも残酷すぎる現実だった。

……だけど、それは彼には関係なくて。

同情されたいわけでも、気分を害したいわけでもない。

「な、名前、なんて言うん？　なんて呼んだらいい？」

とりあえず何か喋ってこの雰囲気を変えなければと、出来うる限り明るく振る舞った。

彼はそれを受けて、少しだけ躊躇《ためら》いながらも、ゆっくりとしゃがみこみ、

「……しょう、ぞ、う」

そう言って、指で地面に文字を書いた。『正造』と。――彼の名だ。

「君の名前は？」

「ともり」

正造は笑った。

「この灯籠と同じ？」

「そう、灯すって書いて、灯」

「良い名前だ」

正造は眩しそうに目を細めて、私の頭をその大きな掌で優しく撫でてくれた。

その瞬間——ぐらり、と。

視界が揺れる。眩暈《めまい》にも似たその感覚。

唐突にそれは訪れた。

その掌は暖かく、私の深いところまで包み込むように撫でてくれた。

久しぶりに誰かに触れられた気がする。

「しょ、正造……？」

ためらいがちに初めて、彼の名を呼んだ。

呼ばれた正造はにっこりと笑いながら、

「よく頑張った」「辛かっただろう」

と、赤子でもあやすように、そう褒めそやした。それがなんだかくすぐったくて……

彼の顔をまともに見ることができなかった。

「灯」

そのまま、正造は私を強く抱きしめて……

抱きしめられて、暫くそのままで、私は息苦しくて、彼の胸の中で潰れそうだった。

だけど抗《あらが》うことはしなかった。

胸が熱くて、鼻がツンとして、いつのまにか私は——

「ほら、ね……。泣くんよって、言ったじゃろ……?」

口から離れた言葉は震えていた。

——あぁ、やっぱりこの人は危険だった。

昨日、彼に触れられそうになったときに感じた恐ろしいものの正体はこれだった。私は恐かった。

両親を失って、寂しくて泣いて、辛くて泣いて、どうしようもなくて泣いて、ただ、独りで泣いていた。

ハンカチを濡らす冷たい涙が余計寒々しく思えて哀しかった。

けれど、そんなこと以上に恐かったのは、『優しい掌』に出会うことだった。私を包んだ優しい掌はいなくなった。私をかばった母の掌は、私の目の前で温度を失っていった。家族を守ろうとした父の逞《たくま》しい掌は、二度と私を抱きしめてくれることはなかった。

だから、もう一度失うことが恐かった。一人で泣くことのほうがましだと思えるくらい、私は失うことが恐かった。

だけど今、

「うっ……」

涙を拭いてくれる人がいて、私は少しだけ救われた。

じりじりと大地を灼《や》いていた太陽が陰り、そろそろ辺りが暗くなってきて、いつの間にか山から下りなければならない時間になっていた。

「ありがとう」

その前に、正造にお礼を告げる。

「お礼を言うのはこちらのほうだよ」

隣に腰を落ち着かせていた正造がくすりと笑った。

私たちは今、両親の墓が見渡せる坂の縁に足をぶら下げて座っていた。

下には十基ほどの墓石と、色とりどりの盆灯籠が立っているのが見える。私が手にしていた白い灯籠とは違う、赤、青、緑、黄色、紫、そして水色の和紙で彩られた盆灯籠がそれぞれに立ち並んでいた。

「お礼？　なんで？」

私は、初対面の男の人を前に豪快に泣いて、その泣き顔を見られてしまったのだ。後は気恥ずかしい思いでいっぱいで正造の顔を見ることも出来ずに、ただじーっと座っていた。その間彼は素知らぬ顔で隣に鎮座し、退屈な時間を共有してくれたのだった。多少のぼやきは覚悟していた。

しかし正造は目の前を見据えて、

「この景色を教えてくれたから。灯籠を見てこんな感想を持っていいのか迷うところだけれど……和紙や金糸で飾られた灯籠の華やかで鮮やかなこと。まるでお花畑かお祭りのようだ。それに……」

ごくり、と、彼が息を吞む音が聞こえた。

「――ほら、ご覧。日が陰る。赤い太陽が大地を染めて、世界が変貌していく。こんなに素晴らしい景色を、灯が泣いてくれなかったらこんなにじっくりと眺めることはなかったはずだ。泣き虫さんをあやすことなど、この景色と比べるべくもないよ。謝辞を述べてもまだ足りない」

『泣き虫さん』――そう彼に呼ばれ、私の頬は彼の眼差しの先にある空と同じ色に染まっていった。なんて恥ずかしいことを言うんだろう。

それに、……正直、私には彼の言う〝謝辞〟の意味が全く分からなかった。

確かに空は夕焼けに染まり、鮮やかな赤い色が空を支配していた。……けれども、ただそれだけだった。なにがそんなに素晴らしいというのだろう。

「こんなの、ここに来れば嫌でも毎日見れるんよ?」

「毎日見られるからって、そのものの価値がなくなってしまったってことではないんだよ。灯は見慣れてしまったんだね。この景色の素晴らしさが分からないなんて、寂しいなぁ。私はね、お盆の間しかここにいられないんだ。あぁ、私も飽くまでこの夕焼けを見てみたいものだよ」

そう言って、空を仰ぐ正造の顔は切なそうで、それと同時に、苦しそうだった。

何だか見てはいけないものを見てしまっているような、そんなドギマギするような気持ちにさせられた。

「本当に、綺麗だ……」

なにか眩しいものでも見るように目を細めるこの印象的な横顔を、私はきっと忘れることはないだろう。そう思った。

そして私は一人、山を降りた。

帰り際に「明日もいるなら……手伝うよ」「うん？」「探し物」「有難う。でも、良いのかい？　夏休みなんだろう？」「いいんよ。どうせ何も予定ないんじゃけ」そう会話して私たちは別れた。

何もないと思っていた八歳の夏休み。私にも予定が出来た。それが何だか嬉しくて、家に帰った私は、早く明日になればいいのにと、久しぶりに浮かれて眠りについた。

＊＊＊

「正造〜？　どこー？」

朝からさっそく山を登って墓地まで来た私は正造を探した。右手には途中で買ったコーラの缶を携えて、昨日歩いた場所をひと通り回ってからここに来た。そして私は正造の名前を呼びながら、とんでもないことに気付いてしまう。

「あ！　時間も場所も約束してなかった！」

なんというまぬけなんだろう。

なぜか、ここに来れば正造に会えると勝手に思い込んでいた。

「どうしよう……」

自分をなじりながらその場に腰を下ろした。そして上半身を後ろに倒した。

「あー暑い。暑いよぉー」

汗で濡れたおかっぱの黒髪に砂がつく、とか、今着ている白いワンピースが汚れてしまう、とか、そんなことはどうでも良かった。夏の暑さにうかされて、ギラギラ光る太陽を睨《にら》んだ。

コーラの缶を頬に近づけて、冷たさを感じて、「ひゃ〜……」と身体が喜びの声を上げる。缶の周りについている水滴と汗が混じっていく。

そして、缶の蓋を開けてひと口。

「——ぐはっ！」

寝ながら飲むと、炭酸が喉で逆流して鼻に入りそうになる。上手く飲め込めずに吹き出してしまった。ゲホゲホしながら缶を地面に置いた。

あーもう。本当にドジだぁ……。さっそく白いワンピースの胸元に染みを作ってしまった。ついてない。やりきれない気持ちのまま、私は目を瞑ってふて寝した。

暑くて寝られないかと思いきや、うつらうつらと睡魔が襲ってくる。張り切って朝早くに起きすぎたのも一因だった。いつの間にか私は眠っていた。


……痛い。

あれ。ううーん。

なんだかチクッとした気が……？　はれぇ、チクッと？

「──たっ！　もー……痛いってば」

私は痛みとともに目を覚ました。

眠い目をこじ開けながら、最初に目に入ったのは青い空。そして眩しさを遮るためにかざした右手に──〝蟻〟を見つけた。

「……!?」

それも一匹ではなく、パッと見、五、六匹は手についている。

「な、な、なんなんこれ？　──あ、あ……！」

そして気付く。左手にも両足にも右手と同様の感触があるのだ。蟻が蠢《うごめ》いている感触が。見るのも恐ろしいが、見ないわけにはいかなかった。まずは身体は動かさないまま、意を決して、視線を首から下に向けた。

あ。無理。意識が遠のく……。それを、なんとか堪《こら》えた。

逃げ出したくなるような現実が私を襲う。

白いワンピースの胸に、蟻の大名行列。

胸を中心に、添乗員さんでもついていそうな蟻の団体が元気よく左右から登ってきていた。

そうか、コーラの跡が……！　いや、でもそれだけなら、なんで手や足にまで？　そう思った瞬間、耳にガサッ——という音が響いた。

「ひ、ひぎゃぁぁあああああああああ！」

背筋に走った悪寒に従い、叫び声とともに上半身をガバッと起こした。そして耳についている何か——蟻だ——をバッバッ！　と勢いよく振り払った。手の蟻も胸の大名行列も、案の定、蟻が闊歩《かっぽ》していた足も、念入りに払い落とす。蟻のいなくなった皮膚にところどころ赤い斑点ができていた。先程感じたチクッとする痛みは蟻に噛まれたものだったのだ。

おかしい。おかしい。なんでこんなに蟻が？

「くくく……」

突然聞こえてきた鳩の鳴き声のような笑い声。周りを見ると、すぐ隣に正造が座っていた。

「いつ起きるかと思ってたら、『ひぎゃぁああ！』って……くっくっくっ」

「しょ、正造？」

何がそんなに可笑しいのか、心底おかしなものを見るような様子でこちらを見ていた。

「あぁ、ごめんごめん。灯、起きてごらん」

そう言って正造は立ち上がると、私に手を差し伸べた。

ふたつ返事でそれを摑んで立ち上がる。正直、早くこの蟻地獄から抜け出したかった。

「ご覧よ」

正造は自分の許へ私を引き寄せると、後ろを指した。ちょうど私が寝ていた場所。

「……あ！」

大量の蟻がうようよ動いていた。しかし蟻たちは規則正しく一本に連なって線を乱さない。よく見れば私がいなくなった後も、寝ていた場所を取り囲むように蠢いている。

それはまるで〝私〟を型取っているかのようで、地面の上に黒い線でもう一人の私が描かれているみたいだった。

今まで見たこともない不思議な現象。黒い蟻で出来たアウトラインがゆらゆら動いて、今にもそこにいる私が動き出すんじゃないかと、目が離せない。思わず食い入るように見入ってしまった。……でもどうして？

「灯の隣に置いてあった甘い匂いのするこの缶に、蟻がたかっていたんだよ」

私の顔に貼り付いている疑問に答えるかのように正造は語り出した。手には空になったコーラの缶が握られていた。

「もう飲めないだろう？ 捨てておこうと思ったんだ。そうしたら君の胸に何匹か蟻が登っているのに気が付いた。染みがあったから、大方これを零《こぼ》したんじゃないかと思って、それであれを思いついたんだ」

〝あれ〟って、凄く嫌な予感。

私の不安などどこ吹く風で、彼はにっこりと告げた。

「この缶の中身を、君の周りにかけたんだ」

悪びれた感など欠片《かけら》もない。そんな表情だった。

「な、な、な、なんてことを！」

「蟻の型なんて、綺麗だと思わない？　すぐに蟻が集まってきてね、型が取れたら起こそうと思って」

あっけらかんと言い放つ彼の言い分を整理する。

蟻がたかっている缶と、私の胸に登っている蟻を見つけた。

そして蟻で型を取ることを思いつき、私の周りにコーラをぶちまけた。

〝綺麗だと思わない？〟そんな理由で。

蟻の型を見る前の私なら即座に正造をボコボコにしていただろう。でも確かに、『あれ』を見てしまった後では、その理由を一概に否定することはできなかった。

「わ、分かったけど……。じゃあ、なんで——」

だけどどうしても納得出来ない箇所が一ヵ所ある。

「なんですぐに起こしてくれんかったんよ!?」

「なんでって」

そして彼は真顔で言った。

「君の寝顔があまりにも可愛らしかったから」

「……っ！」

生まれてこの方、こんなにも目を見開いたことはあっただろうか？　私は言葉にならない言葉を発しながら、魚のように口をパクパクさせていた。

「おや、今度は茹で蛸のようだよ？」

私を茹でた張本人が不思議そうに顔を傾けた。

「しょ、しょ、しょ、しょ……！」

「熟れた林檎のような、の方が正しいかな？」

「正造……っ！」

私は右手を振りかざし、正造に襲いかかった。怒りに任せて固く結んだ拳を彼のお腹目がけて発射させる。しかし、寸前のところでヒョイッとかわされてしまった。

「逃ーげーるーなー！」

「無茶を言うね」

彼はまた、くくくっと笑ってひらりと身を翻し——逃走。

「ま、待ちんさいや！　卑怯者！」

「はて、待てと言われて待つ莫迦者がいるのだろうか」

私は彼の背を追いかけた。彼も逃げ続け、お墓の周りをぐるんぐるん。十基ほどの墓のあいだを追いかけっこ。どこまでも駆け抜けて、それでも彼は捕まらない。

「鬼さんこちら、手の鳴るほうへ」

そう歌いながら本当に手を叩くのだから腹の立つ。彼は憎たらしいと言っても過言ではない顔でこちらを見ていた。

途中で何度か、着物の裾にあと少し手を伸ばせば掴めそうな距離まで彼を追い詰めることが出来た。しかし、それは、彼がわざと足を緩めたからに違いない。ひらりひらりと逃げ続け、私を翻弄する。

どう考えても、私と大人の彼とでは、リーチに差がありすぎるのだ。このままでは永遠に彼は捕まらない。なんとか一矢報いたかった——

私は、

「……ぁあああ！」

ど派手に転《こ》けてみることにした。

ばたーん。という音とともに、わざと地面に突っ伏した。演技とはいえ、顔から転けることはなかったのではないか……鈍痛とともに、後悔が頭を過《よ》ぎる。しかしその代償に、たしかな成果が訪れようとしていた。

「灯！」

謀った通り！　獲物が引っかかる。心配そうな顔をした正造が自らこちらに近付いてくる。彼が膝を折って私に手を差し伸べる——その瞬間、私は彼の手を掴んだ。

「捕まえた！」

顔だけ起こして彼に不敵な笑みを見せつけた。どうだ！　参ったか！

彼の澄ました目がまん丸と大きく開かれて驚きの表情を見せる。そして、フッと笑った。

「じゃぁ、私が鬼だね」

——え？　一瞬、彼が何を言っているのか分からなかった。

「遠慮無く」

にっこりと正造が私の両脇を持って抱き上げる。

「さぁ、お転婆娘を捕まえた」

なんでこんなことに？　彼が人形を持つように私を膝の上に座らせた。捕まえたはずなのに囚われているのは私？　私を巻き込む掌が背中をぽんぽんと叩く。

「今度は灯が鬼だよ。まぁ、身動きできれば、だけど」

にこにこと笑い続ける彼の、この悪意のない笑顔には勝てそうにもない。私は言い募るのを止めて、彼の胸の中で脱力した。


駆けたり跳ねたり笑ったり。

私たちは休憩して、汗ばむ身体を木立の影で休ませていた。

「ここに立っている灯籠は、中にロウソクを入れて夜に見ても綺麗だろうねぇ」

「昔の灯籠みたいに明かりを灯して？　……うん！　たくさん並んでたら綺麗じゃろうねぇ」

「いつか一緒に見ようか」

他愛のない話をしてこの時間を楽しんでいた。

「そういえば、ここの墓地には他にお参りにくる人はいないの？」

「んー？　おるよ。でも半分くらいかなぁ。後は無縁仏だって、ここにお母さんとお父さんを埋める時にお坊さんが言っとった。最近はこんな山の中じゃなくて、もっと整備されたとこに墓地もあるんじゃけど、うちはね……」

私の後見人である伯父さんが『どうせ墓参りになんて行くことはないんだから、どこでも一緒だろ。葬ってやるだけ有り難いと思え』そう吐き捨てて、ここに決めてしまったのだ。死者に鞭打つとはよく言ったものだ、とこのとき思った。

「良い場所に埋めて貰って灯のご両親が羨ましいよ」

「え？」

「亡骸をこんな場所に埋めて貰えたら、死んでからもきっと幸せになれる。素敵な場所だ」

「そう……思う？」

「心から」

ずっと笑っていた正造が真面目な顔をして言うものだから、すんなりと受け入れることができた。心のどこかにずっと、父と母に申し訳ないという気持ちが棲息していたのだ。その気持ちが少しずつ溶けて消えていく。心が軽くなっていく気がした。

「灯」

彼は言った。

「君が泣くときは私が拭くよ。だから、もう可愛い布を濡らすのはおやめ」

「約束だ」そう言って差し出した彼の小指に、私も小指を絡めた。

「何だか友達みたいじゃね……」

私がそう言うと、彼は目を細めて、

「友達だよ」

そう言うのだった。

両親が死んで、周りには誰もいなくなった。みんな「大丈夫？」と第一声を掛けるタイミングを逸してしまったのだ。私は悲しくて、悲しくて、寂しくて、そんなことはどうでもよくて、誰とも触れ合いたくなくて、すべてを閉ざした。

それが半月ほど続いて、少しだけ心に余裕が持てるようになって、周りを見渡してみれば……、話し掛ける相手すら私にはいなくなっていた。

正造と絡めた小指が熱かった……。

木の葉がさわさわと風に揺れて涼しそうな音を奏でる。相変わらず汗は背中をつたっていたけれど、流れる風が心地よかった。

「――正造の落とし物ってどんなんなん？」

そういえば、と私は訊いた。

正造は答える。

「覚えていないんだ」

「え？」

「何を失くしたのか、覚えていないんだ」

それはとても奇妙な返答だった。風が吹いてザァッと森が鳴いた。

「へ、ん……なの」

「そう。変なんだよ。……でも、何かを失くしたんだ」

そう言う正造の顔は苦しそうで、辛そうで、私はそれ以上訊いてはならないのだと、子供心にそう思った。何か事情があるんだと。いつか話してくれるまで待てばいい。そう思った。

「そっか、じゃあ思い出したら教えてね」

そして私たちは日が暮れるまでお喋りをして、「また明日」と別れるのだった。


どうして後で良いなんて思ってしまったんだろう。

どうして無理やりにでも訊いてしまわなかったんだろう。

それを後になって後悔することになるなんて、この時の私はまだ知らない。

結局、八月十三日から十六日までの、盆の四日間、私たちは会い続け、喋り、遊び、一緒の刻を過ごした。私にとっては夢のように楽しいひと時。無邪気に笑って泣いて、今考えれば純粋に、一番幸せだったと思える時もこの頃かもしれなかった。

そして私たちは、「また来年」と別れたのだった。

＊＊＊

正造と出会えたお盆。

私たちは次の年も、その次の年も会い続けた。

二度目のお盆は、

「あれ、今年は白い灯籠じゃないんだね？」

出逢ったときとまったく変わらぬ見目姿で、私に笑顔を向けて正造が迎えてくれた。

反対に、私は去年持っていた白い盆灯籠ではない、カラフルな灯籠を携えて、正造に手を振った。

「うん。あれは初盆だけなんじゃ。今年からはみんなと同じ、こーんなカラフルな灯籠なんじゃ！」

えへへー♪　と、服を新調したときと同じように、くるくると灯籠を掲げてまわして見せた。

「ん、灯……？　心なしか目線が高くなっている気がするんだけど」

「心なしか⁉　これでも七センチも伸びたんよ！」

「そうか、女の子は成長するのが早いねぇ」

去年と同じように頭を撫でてくれる。この掌を恐ろしいと感じたのが嘘のようだった。

「ばーん、と伸びて、正造を見下ろすんじゃぁ」

「そうしたら私の頭の禿が見えてしまうよ？」

「あはは、見たい、見たい！」

会えなかった日々の距離など感じさせない笑い声が響く。

会えたことが嬉しくて、私はマシンガンのように喋り続けた。

「それにしても正造、久しぶり！　会いたかった！　お盆になるのがすっごい楽しみだったんじゃ！」

「私も会いたかったよ。今年はどうしようか？」

正造が子供のようににやっと笑って訊いてくるので、私は一年間、正造と遊ぶために考えてきたプランを発表した。

「蟬取り！」

ジィージジジ……

夏の暑さを引き立たせるように、けたたましい蟬の鳴き声が辺りを賑わせている。いつか父とやった蟬取りでは一匹も捕まえられずに家に負け帰ったことがある。私の鈍くさいところは母に似たのだと父に笑われた。

それを正造とやろうと思ったのは、この季節だからに他ならない。

「蟬か……。ねぇ灯、蟬の一生って知ってるかい？」

「蟬の一生は一週間ってやつ？」

「あぁ、けどね、実際は何年も土の中で生きて、それから地上に出るんだよ」

「意外と長生きなんじゃ」

「そうだよ。地上に出た後も一週間どころか、二週間……いや、一ヶ月も鳴き続ける蟬もいるんだ。けれど不思議な話だよね。彼らはそうまでして地上に出て、鳴いて鳴き続けて命を燃やして散っていくんだ。どうして、命を尽くしてまで鳴き続けるのだろう?」

「……なんか人の一生と似てる気がする」

私がそう言うと、正造はハッとしたような顔になって、

「そう――かもしれないね」

と優しく呟いた。そして少しだけ申し訳なさそうに、もう一度問いかけ直す正造に向かって、私も今年の希望を言い直すのだった。

「さて、今年はどうしよう?」

「蟬取り!」

＊＊＊

それは偶然鞄に入っていたものから始まった。

幾度かのお盆が過ぎ、この時期に対する私のスタンスも固まりつつあった年。

以前なら、学校の宿題に追われる日々だったけれど、正造とやれないような宿題は早々と終わらせて山に来ていた。けれど二人で出来るような絵や工作などの宿題はわざとこの時期までやらずに残しておくのだった。

毎年出る宿題の中には、『風景画』だったり、『山の植物五種類のスケッチ』だったり、『貯金箱作り』があって、自由研究が課題にあれば、花の絵を描いたり、押し花を作ったり、蝉の観察記録を書いたりした。そういう面ではここは宿題のネタに困らない最高の作業場だった。

そして――

「これを貸してもらえるかい？」

正造は私の鞄からはみ出ていた絵の具や色鉛筆やはさみなどの小道具の中から、一つ、箱を取り上げて私に問うた。

それは図工の時間に使う、彫刻刀と呼ばれるものだった。平刀・丸刀・三角刀など彫刻に用いる小刀が入っている。工作用にとりあえず鞄に入れてはいたけれど、一体正造が何に使うのかは皆目見当も付かなかった。

「明日、楽しみにしていてごらん」

そう言う正造を残して、私は山を降りた。

また明日へと希望が繋がる四日間が始まったことに心をときめかせて。


次の日、色紙《いろがみ》を持って来てくれという正造のお願いに、私は意味も分からないまま家に残っていた色紙を集めて持ってきた。折り紙用の色紙からチラシの裏紙まで、不要な物ほど家に余っているような気がする。

山を登ると、いつもの開けた場所に正造が待っていた。しかし普段とは様子が違う。彼の足下に見慣れない物が横たわっていた。

「正造、それは……？」

「これはおなご竹といってね、山や川辺で自生している竹だよ。すらっとしているこの出で立ちが女性のようだろう？」

近くで見てみれば細長い竹が数本、干してあった。

「見ていてごらん」

正造が乾燥させた竹を持ち上げて、その一つに刃を入れた。

「竹はね、縦に繊維が走っているから、こんな風に少し亀裂を入れてあげるだけですぐ割れるんだ」

竹を頭から五分の一ほどの長さまで切れ目を入れ、違う角度で二度刃を入れ直してから、外側に六つに割り広げる。

それは、まるで傘が風に強く煽られて布が吹っ飛んで、骨組みが逆さまになったもののようだった。「台風の後みたいだね」と言うと、「灯は飛ばされてしまいそうだけどね」とからかわれてしまう。「もー!」と反論しているうちに、正造は次の作業に取りかかっていく。

取り出したのは、六角形に曲げられた竹籤《たけひご》。

それを、今し方割り広げられた六本の竹の先をはめて六角錐を作った。一本の竹の先に六角錐……。

「これって……!」

「そう、灯籠の骨組みだよ」

正造の言うとおり。いつも私が持ってくる灯籠の上の部分に色紙だけ貼っていないままの竹の骨組みだった。

「灯、色紙を持ってきてくれたかい？」

「う、うん」

驚きながらも、持って来た色紙を渡すと、六角錐になっている灯籠の、逆さになった傘の部分に、一面一面丁寧にのり付けして貼っていく。すると――

「……おや？」

「あ」

私が持って来た折り紙用の色紙では大きさが足りなくて、継《つ》ぎ接《は》ぎだらけのおかしな灯籠に仕上がってしまっている。

それがとても面白くて、互いに見合って笑い合う。

ひとしきり笑い終えると、正造はその灯籠を私の手の中にそっと収めた。

「私から灯へ、贈り物だ」

「――えっ？」

それは正造が作ってくれた、毎年私が持ってくるのと同じ盆灯籠だった。

ただ違ったのは――

「灯、立ててごらん」

言うとおりに、斜めに持っていた灯籠を地面に垂直に立て直してみる。

すると、成長したといっても、まだ私の頭より十センチは大きいはずの灯籠よりも、少しだけ小さいものだった。

それは、ちょうど私と同じサイズだった。

「なん、で……」

「灯と同じ丈の灯籠だよ」

どうして……？

「竹があったから自分にも作れるかと思ってね」

確かにコンビニやスーパーが普及する前は、各々が作って供えていたという話も聞くけれど、それを今、作ってしまうなんて……。

「手先はね、器用なほうなんだよ」

正造が珍しく恥ずかしそうに笑うものだから、こちらの反応を気にしているのかもしれなかった。でも、正造、ごめんなさい。私、うまく笑えない……。

「柱に身長を記していたのを思い出したよ。作り方も覚えたことだし……これからは私が毎年一つずつ贈ろう。これが、灯の成長の記録だよ。きっとご両親も、灯の成長を楽しみにしていたはずだ。お墓に立てたら喜んで貰えるだろうか？」

「……あっ……ありがとっ……！」

うまく言葉が出てこない。

両親が死んで、初めて誰かから貰ったプレゼントだった。

それが嬉しかったんじゃない。正造がくれたから嬉しい、なんて、私は一体どうしたんだろう。こんなに心の籠もったものを貰えるなんてちっとも考えていなかった。私だけじゃない、お父さんやお母さんのことまで考えてくれたプレゼント。

「ありがとうっ……ありがとう……ありがとうっ……」

何度お礼を言っても足りない。けど口からはありきたりな言葉しかでてこない。

ねぇ正造、私、嬉しいんだよ？　嬉しくて嬉しくてどうかなってしまいそうなのに、どうして笑えないいんだろう。

「……灯、一緒に作ろうか？」

「え？」

「絵を描いたり、貯金箱や押し花を作ったり、蟬を追い掛けたり、なんでもいいんだよ。

一緒にできることなら。灯と過ごす日々は楽しくて、色んなことを発見してしまう。自分たちの手で何かを作るって、生み出すってことなんだよ。この世に新しく何かを『つくる』ってそう考えるだけで、ねぇ、わくわくしないかい？」

正造の瞳に映る世界がきらきらしていて、眩しくて、そんな世界に私も行きたいと思った。

なんて鮮やかな世界なんだろう。

単色にしか見えない世界が、彼には、この手にしている色んな色が混ざり合った灯籠のように見えるのだろうか。赤でもない、青でもない、緑でも、黄色でも、紫でも、水色でもない。他のどんな色でもない、極彩色の――

「この残りの竹はね、今までのおちびさんの分だ。さぁ、灯も一緒につくろう？」

「……うんっ！」

あなたがいれば、それだけで私の世界も鮮やかになる気がした。

今年の自由研究は、今までで一番……ううん、これ以上ないくらいに素敵なものになりそうだった。

＊＊＊

しとしとしとしと……と雨が降る。

その年の八月は例年よりも降水量が多い年だった。

窓についた滴が次から次へと流れて落ちていく。屋根やサッシや地面を響かせる雨音が合唱のようで、両親がいなくなって火が消えたような家の中にはちょうど良かった。

特に父は仕事でピアノを教えていたから、家でもよく弾いてくれていたピアノの音が懐かしくて、雨音に合わせて「メウィリーメウィリー……♪」と思い出の曲を口ずさんだ。

雨の日は嫌いじゃない。けれど、正造に会う日は雨が降らないように、てるてる坊主を何個も作り窓辺に飾った。どうしてもその日は晴れてほしかったから。なぜなら……。

「じゃーん。中学生になったんよー」

「それが制服？　良く似合っているね」

私は中学生になっていた。

夏休みに制服を着て外に出ることは滅多になかったけど、今日は正造に見せるためにわざわざ着替えてきたのだった。白いカットソーに緑色の薄手のジャンパースカート。あんまり可愛くない制服だったけど、何故か褒めて欲しくて、鏡の前で何度も自分の姿を見返した。そのせいで家を出るのに何時間もかかってしまったなんて、正造には言えない。

今すぐ会いたい。けど会うのが恥ずかしい――正反対な気持ちがおかしかった。けど、そんな馬鹿な気持ちもここに来るまで。

正造がいる。そう思うだけで、私の足は駆け足になった。

「灯！」

「――え？」

言われて自分の身体が傾いていることに気付く。朝に降った雨のせいで足を掬われて、転けそうになってしまっているのだ。

せっかく綺麗にしてきたのに、これじゃあ今までの泥まみれになって駆け回っていた頃の私と同じになってしまう。今日だけは……！

目の前に地面が迫って、ぶつかると思った瞬間――私の体は寸前で浮いていた。

「おっと、大丈夫？　昨日の雨で地面がぬかるんでいるから気を付けるんだよ？」

咄嗟《とっさ》に私の身体を支えたのは正造の大きな手だった。

息が止まる。助かったはずなのに、ちっとも生きた心地がしなかった。

「——だ、いじょうぶ！　だ、だ、だから離して。お、重いじゃろ？」

「うん？　羽根のようだよ？」

「嘘じゃ！　身長いっぱい伸びたけぇ、お、重いはずじゃもん……！」

正造から離れても、なお、胸の動悸が治まらないのは、いきなり地面とぶつかりそうになってしまったからだろうか。

落ち着くために軽く深呼吸していると、いつものように子供みたいな顔をして正造が訊いてくる。

「今日は何して遊ぼうか？」

「やだ、正造。もう子供じゃないんじゃけー」

「そう？」

「そうだよ、いーっぱい話したいことあるんじゃ！　いつもんとこ行こう！　早く！　早く！」

「十分子供に見えるけどなぁ」

そう「くっくっく」と口に手を当てて笑う正造を見て、あぁまた今年も彼に会うことができた、そういう安心感に包まれていくのだった。……『子供』は余計だけど！

そしていつものように両親の墓を見下ろせる坂道の縁に腰を下ろして、隣に座っている彼の横顔を眺める。穏やかで、少し茶目っ気があって、スッとしている彼の横顔。

彼が急にこちらを向いた。目と目が合って、電気がビリッと走ったようなそんな衝撃を受ける。

「灯？」

彼が名を呼んだ。

それだけで、そんなことで——彼の隣に私は座ってる——それを改めて認識した。

こんなにも近くに、彼の隣に。

気が付いたら半袖から出ている私の腕が少しだけ彼の体に触れていた。そこから彼の体温が伝わってきて、私はいっぱいいっぱいになっていた。あれ？　おかしい。変だ。

何かが違う。

二人の距離は変わらない。出会った頃から同じはずなのに、どうしてこんなに近くに感じてしまうんだろう。

「具合でも悪い？」

そう言って、正造が私の額に手を伸ばした。ひんやりとした冷たい手の感覚が私に伝わる。夏の暑さで火照った体に気持ち良い温度の掌。……でも、それだけじゃない。先程の動悸が戻ってきたかのようにドッドッドッと心臓が鳴り響く。

彼の体温、彼の匂い、彼の眼差し。変わらないはずの二人の距離。

だけど、変わってしまった。変わったのは私？　私の気持ち？

何だか幸せで、何だか嬉しくて。こんな気持ちを私は知らない。何かが貰えて嬉しいとか、何か褒めて貰って幸せとか、そんな気持ちとも違う。胸が疼《うず》いて、少し苦しくて、だけど私に触れている正造の掌だけが私のすべてのような。言い表せないけれど、言いつくせないけれど、ずっとこのままでいたいと思った。

「正造の手、気持ちいいね……」

そしてそのまま、私は彼の掌に溶けてしまいそうになった。

彼のいない中学校生活。

私は部活に入らなかった。

正確には入ったけれど、部活動はしなかった。夏休みにまで学校に来たくはなかったからだ。そのまま幽霊部員になって、一度も顔を出さなかった。

正直、中学生になった私は、周りの同級生と正造を比較してしまい、幼稚な言動に付き合いたくなかった。

付き合いの悪い態度。

両親を事故で亡くした子供。

これだけでも私が孤立する原因ははっきりとしていた。

それを埋める努力をしなかったことは私の過ちだった。だけどそれを贖《あがな》おうとするほど大人にはなれなくて、私はいつも独りで過ごすことを選択していた。小学生には辛い選択も、中学生の私にはその方が楽で、生きていきやすかった。

「感じ悪い」「気持ち悪い」「話したくない」「ウザい」なんと言われても良かった。

一年の内の四日間。私は幸せで、それ以外は本当にどうでも良かった。

秋、冬、春、そして夏。気の遠くなるような三百六十一日。

私はぬけがらのように生きて、そしてあなたに会った。

会い続けた。中二の夏も中三の夏も高一の夏も、そして高二の夏も。

人を好きになることを知った。だけどその先があるなんて知らなかった。

好きになったあと、どういう感情になるかなんて、誰も教えてくれなかった。


夏になればあなたに会える。いつしかそれが待ち遠しくなっていたのは、私があなたに恋をしていたからなのだろうか?

いつから? どこから? ドキドキするのも、クラクラするのも、あなただけ。

あなただけしかいない。

＊＊＊

夕冷えの風にさらされて、思い出すは母の背中。

ゆらゆらと揺れる長い影を、地面に留めるように踏み合う——

正造と別れて、山から下りる途中でその光景に出くわした。

無邪気な母と、無邪気な子供。仲睦まじく遊んでいる二人。

母親は灯籠を持って、空いた手で子を繋いでいた。

子供も繋いだ手とは反対の手で、灯籠を握っていた。

灯籠は竹の先が六つに分かれて、六角形の竹枠で留められている。その間に色とりどりの逆三角形の和紙が貼られていた。その内の一枚が、上の竹枠にしかのり付けされておらず、ひらひらと風が通るたびに揺れていた。

「お母さん、もー歩くのたいぎぃ」

子供が、母親に愚痴り出して足を止める。

「ここで最後じゃけぇ。もうすぐ着くけぇ我慢しんさい」

母親が優しく宥《なだ》めるも、子供はその場にしゃがみ込んで動かなくなった。持っていた灯籠も地面に置き捨てた。

田舎の墓参りは自分の家の墓だけを参るのではない。先祖や親戚の墓など、多いところになると四、五ヶ所はこうして回らなければならなかった。中にはこんな山奥にあるという墓も珍しくはない。小さい子供には酷なことだっただろう。

「こんなとこではぶてんさんなや」

「はぶててないもん！」

梃子《てこ》でも動かないぞ、と顔に張り付けて子供は言い返した。

それを見た母親は説得するのを諦め、地面に置いてある灯籠を拾って、己が持っている灯籠に重ねた。上辺しかのり付けされていない和紙の風で舞っている部分に、竹の柄を差し込んで重ねたのだった。

「――ほら」

そう言って母親は背中を向けた。ふたつ重ねた灯籠を片手に、子供までおぶろうというのだ。

剛胆で、優しい。強くて、柔い。

母親というものを言葉で表すのは、難しいと思った。

「……いい。歩ける」

子供もそこまで聞き分けがなくはなかったようで、また母に手を引かれて、自分の足で歩いていった。

仲の良い親子の背中を眺めた。

心の隙間に風が吹いて、寒くもないのに体が小刻みに震えていた——気温は高くて蒸し暑いというのに。

私は帰らぬ日々を思い浮かべて吹きさらしの胸を痛めた。

記憶の中の母はいつも笑顔だった。

どんなにわがままを言っても笑って聞いてくれた。人に物を頼まれると断れないタイプで、いつも学校のPTAの役員を押しつけられて、それでも一生懸命仕事をこなしていた。ドジで、裁縫も家事も下手だったけれど、放り投げることだけはしなかった。いつもニコニコ。怒っているところを見たのは——一度だけ。

幼稚園の年長に上がった頃だった。私は、園の友達と遊びに出かけた。

幼稚園を抜け出して、まっすぐ道なりに走って、かけっこをしていた。

可愛いイラストが目立つ寿司屋を過ぎて、知り合いがやっているお好み焼き屋を抜けて、その内、大きなスーパーがある通りに出た。そこは家の近くで、ある程度地理も把握できていた。だから気持ちが大きくなっていたのかもしれなかった。

その時は、それが楽しいことのように思えてしまったのだ。

「あそこ走ろう！」

私は友達を促して、目の前に見えるものを指した。

鋼鉄のレールが敷かれた、電車の線路。

「え、危ないよ」

そう言う友達を置いて、私は躊躇もせず中に踏み込んだ。砂利《バラスト》が敷き詰められ盛り上がっている軌道を乗り越えて、私はふたつの鋼鉄のあいだに収まった。一歩を強く踏み出して、一気に加速。レール沿いに駆けて、ぐんぐん風を切って、私はまるで呉線の列車になったようだった。

『発車しまーす！　ご乗車になるかたは閉まる扉ご注意くださーい』

心の中でアナウンス。

私は、クリーム色をした車体に濃紺の一本ラインが引かれた、四両車両に人をたくさん乗せた、そんな電車だ。青い空が向かってきて、白い雲をいくつも追い越した。

気持ち良い！

そう感じた。そして――

「灯!!」

悲鳴のような声が上がった。聞いたことのない、知らない声。

「灯！」

その人はもう一度私の名前を呼んで、私を鷲掴みにすると、線路内から連れ出した。

「何しよんよ！」

――バチンッ！　と私の頬は高らかに鳴り響いた。頬をおもいっきり叩かれて、私はその場にへなへなと膝を折る。

「危ないじゃろ……！　何しよんよ⁉」

見たことのない顔が私を怒る。

「こんなことして何かあったらどうするん⁉」

眉を釣り上げ、眉間に皺をよせ、目を血走らせて、鬼のような形相をした見知らぬ顔。

「心臓、止まるかと思ったんよ……！」

だけどそう言って震える肩は、よく知った人の肩だった。

「……無事で、良かったぁ……！」

「――お、おかぁさん……！」

私は母に抱き締められて、ようやく声を上げた。

見たことのない母の顔を知って、私を想う重さに気付いた。
涙が溢れてきて、私の頬はじんじんと痛み出していた。

忘れることのないあの日の頬の痛みが、胸の痛みに変わって、私は家路に着いた。
視界が滲《にじ》んで世界を歪めた。
けれど正造との約束を思い出し、唇を噛んで耐えた。
痛かったけど、少しだけ強い気持ちでいられた。
——あなたがいたから。

2

何ひとつ楽しくない高校生活をそれでも耐えて送れていたのは――送っていたのは、それがすべてあなたに会える日までの、会えない日々のもどかしさや寂しさを紛らわせるためのものであると、知っていたからでした。

冬の日。

「知ってるー？　学校の七不思議」

「なんなんよ、トイレの花子さんなら知っとるよ」

「違うってー、旧校舎」

「旧校舎？　あの封鎖されて入れんとこ？」

「そうそう。あそこさぁ木造でさ、ボロボロじゃん？　出るって噂」

「ありがちな……」

「ところがどっこい、あそこ大昔は病院だったんだってー」

「病院？　まさかぁ」

「まじなんだって。昨日さ、うちのお母さんから聞いたんよ！　お母さんの時代はもう校舎として使っとったらしいけど、その前は病院で、それが移転するからって寄付された建物なんだって」

「うわ、恐っ」

「ね、出るって話もあながち嘘じゃないじゃろー？」

「封鎖されとって良かったぁ」

私たちの不文律――

噂話に敏感なこと。

スカート丈の長さ。

褒め合うこと。

テスト前に、「勉強した～？」「してない」と交わす挨拶。

好きな人は報告すること。

どれも守らなければならない、ここで生きていくために必要なこと。

だけど私は、噂話など興味はなかったし、スカート丈は膝から少し上なくらいで、思っていないことを褒めたりはできないし、テスト勉強は他にすることがなかったから普通にやっていた。好きな人は……。

放課後に、同級生の噂話を横切って、他の何にも目をくれず、一歩一歩階段を上りながら行き着いたのは屋上の扉の前だった。

それは、ここからならあの山が見えるんじゃないかと思ったからだった。扉を抜けて外に出ると冷たい風が体を通り過ぎていく。寒い。かじかんだ手でマフラーを巻き直しながら柵に近づいた。見渡せば山に囲まれたこの場所を、今では好きになっている自分がいた。あの山に彼と出会う場所があると思うだけで、心の底がじんわりとあったかくなっていく気がした。

「……好きな人なら、報告したいなぁ……」

柵を握る掌に力がこもる。

春は萌え　夏は緑に　紅の綵色《まだら》に見ゆる　秋の山かも

ふと、古典の授業で習った和歌を思い出した。

春は萌葱色。夏は緑色。秋は赤や黄色、緑がまだらに混ざり、色彩豊かに深みを増す山の季節。じゃあ冬は？　目の前には冬枯で色あせて寂しい色をした山がある。まるで今の私が見ている世界そのもののような……。

俳句には「山眠る」という冬の季語がある。冬に見る山は、眠っている。あなたに逢えるまで、山は眠っているのかもしれない。

私も同じように目を瞑った。

「あんたは、ここにいちゃいけんよ」

「……？」

その声に振り向くと、同じクラスの男子が扉の前に立っていた。

「あ」

開かれた扉には『立ち入り禁止』の貼り紙が見えていた。

「見落としとった。先生に言う？」

「――言わんよ」

「……へへっ、じゃ共犯だ。清水《しみず》クン」

同じクラスの清水クン。彼だけはクラス中から無視される私の唯一の話し相手だった。規律の厳しいこの学校では珍しく茶髪の、彼もまた浮いた存在だった。もちろん私のように忌み嫌われるほうではなく、近寄りがたいといったほうが正しいのだろうけど。髪の色も不良というには清廉すぎる。どちらかというと、色素が薄いハーフという形容のほうがしっくりとくる男の子だ。彼の高い背が、屋上に長い影を落とす。

「あぁ、秘密にしとけよ」

そう言って、清水クンは柵に手をかけて、冬に変わっていく町並みを眺めた。

横に並んだ彼の顔が少しだけ切なそうに見えたのは、季節のせいだろうか。

清水クンとは入学式の時に知り合った。お互い式に遅れて登校してしまい、二人しかいない教室で式が終わるのを待っていた思い出がある。あの時は今のように気軽に話せるような雰囲気ではなかったけれど、その空気感が自分と似ていて話し掛けてみようと思う切っ掛けになったのだった。それからは一言二言と会話を交わし、たまに会えば軽口を叩き合える間柄になっていた。不思議な関係だなぁと思う。

「そーいえばあんたはさ、髪の毛とか伸ばさんのん？」

「どうして？」

「首元が寒そう」

「似合いそうとか言えんのん？　それに首元はマフラーしとるじゃろ」

「似合いそーじゃけぇ」

「……」

「ホント」

他の男子のように幼稚ではなかったけれど、どこか掴み切れない、そんな言動の持ち主だった。言葉とは裏腹な何かを感じさせる。

「伸ばさんよ」

髪の毛は正造と出会った頃と変わらないまま。肩で切り揃えたおかっぱのままだった。

本当は色んなお洒落もしてみたい。髪だって一度くらいは伸ばしてみたかった。

だけど、一年の内のほんのちょっとしか会えない正造が、髪の毛を伸ばした私に気付かないことが恐かった。そんな馬鹿なことないって笑い飛ばせたら楽だった。けど、そんなことがたまらなく恐ろしかった。

大きくなるに連れて、私と正造の希薄な関係がよく分かる。

「……あ、雪」

「え？」

清水クンの声に弾かれるように空を見上げた。綺麗な粉雪が舞っていた。少し暗めの空に、泣いてるような景色が広がっていた。──急に会いたくなった。

彼に逢いたい。

どうしようもなく逢いたい。

「灯」

清水クンが何かを私に差し出した。

「拭けよ」

ハンカチだった。──あぁ、そうか。私は泣いている。涙を流している。

「ありがとう。でも……ダメなんよ。もうハンカチは涙で汚さんって約束したんじゃ。じゃけ拭けんのんよ」

私は山での約束を思い出して、そしてまた泣いた。

「ばーか」

そう言って清水クンはごしごしとハンカチを私の顔に──って、ちょ……！

「な、な、なにしよん！」

「あんたのハンカチは約束したかもしれんけど、俺のハンカチはしてないけぇ」

なんて勝手な言い分だ。なんて勝手な人なんだ。

「我慢すんなよ。泣きたきゃ泣けよ。だけど泣き終わったら、涙の痕は消しんさい。それで何もなかったって顔で、前見て笑いんさい」

だけど、今はその勝手さが――

「なに……言っとるんよぉ……」

心に染みた。

「ははっ、あんた、優しくすると泣いちゃうんだな。変なやつ」

泣けって言ったくせに、ホントに泣いたら笑うなんて、やっぱり勝手だよ。

だけど、ありがとう。なんだか心が軽くなった気がして、
私はそのまま清水クンに甘えて泣いた。


ひらひらと舞い降りる粉雪が、視界を白く染めていく。

このまま何もかも白く染めて、埋《うず》めて、音さえも吸い込んで。何もない真っ白な世界

に塗り変えて、私さえも包み込んで消してくれたなら、この激情とも呼べる真っ赤な感情に苦しめられることはないのかもしれない。

だけど。

あなたに会えなかった人生に比べたら、そんな苦しみのほうが、溶けて消えてしまう気がした。

凍てつくような寒い冬も、息吹く春も、あなたに逢いたい。

私は、あなたに逢いたい。

＊＊＊

七月。高校三年生の一学期の終業式。皆が大掃除をしている時間、私は一人屋上に上っていた。大勢の中は苦手で、息が苦しくなるから。人がいなくなるまでここに隠れていることにした。

授業中は教室にまとめられている生徒たちも、今は各所に散らばって、学校の中はざわざわと人の気配で充満していた。煩《わずら》わしい人の群れ。

憂う心を見透かすように空が少し曇っていた。しかし空模様とは逆に、真夏の気温は私のやる気を殺いで、気力さえ奪っていく。だらだらと搭屋の壁に背を預けて座った。

私は他の人とは違う。独りになることでそう思いたかった。

私の瞳に映るのはこの景色だけで良い。後は何もいらない。

あと一ヶ月もしないうちに彼に会える。会えたら何をしようかなんて小さい頃はよく考えていた。けれど今は会えるだけでいい。彼の目を見て、声を聞いて、触れることができるのなら、私はこの世に未練などひとつもないのに……。

暫くそうやってぼーっとして、校内に人の気配が消えてきた頃に、私は屋上を後にした。

――カチャ。

個室にいた私が、その扉の鍵を開けて出ようとした時だった。

「くっそー。掃除サボってたのをまさか長谷川に見つかるなんてツイてないわー」

「あいつね、最近目があざといってか……」

「エロいんよねー」

『ぎゃははは』と二人の笑い声がハモる。

「とりあえずー、水撒《ま》いときゃ掃除したように見えるじゃろ」

「じゃねー、さっさと水撒いて帰ろ～」

言いながら、『ジャー』と、水の流れる音が聞こえ始めた。

ガラッ……バタン！　扉の開く音と乱暴に閉まる音が、繰り返しトイレの中に響いた。

私は息を呑んだ。

今、私がいるのは二階の女子トイレ。その一番端の個室に佇立している。入った時には誰もおらず、掃除はもう終わったと思っていたのだ。しかもここは三年生の私のクラスがある階で、記憶が正しければこのトイレの大掃除はうちのクラスが担当していたはずだった。――つまり、扉の外にいるのは私のクラスメイトということになる。

会いたくない。会いたくない。掃除をサボって上にいたのだ。今見つかると何を言われるか分かったものではない。しかし、逃げ場もない。強張っていく体が恐怖を体現していた。

ガラッ……バタン！　とうとうすぐ隣の個室の掃除が終わってしまった。なおも響き続ける水の音が余計大きく感じられた。そして私はハッとなる。

——鍵！

私は手を前に伸ばす。指の先がもう少しで鍵に触れそうなところで、扉が私の手から逃げていった。

「……！」

目の前には青いビニールホースを持った女子が一人立っていた。多分もう一人は蛇口のほうにいるのだろう。

彼女は一瞬表情に戸惑いを見せる。そして、言った。

「水、もっと出して」

その言葉に呼応するように水圧の上がったホースが勢いを孕《はら》んでうねり、彼女は暴れようとするホースのその先をしっかりと私の顔面へ向けた。そして——水が一気に私に襲いかかった。

「掃除完了♪」

彼女はそう言ってにっこりと笑い——扉を閉めた。

バタン！　さっきよりも乱暴な音が室内に響いた。

「やっと終わったね。あー疲れた」

「はぁ？　あんた蛇口捻っとっただけじゃん」

「その加減が大変なんよー」

「はいはい。……でも一番端のトイレがいっちばん汚かったわー」

「そーなん？」

「そーなんよ、実はさ……」

トイレから遠ざかっていく声を聞きながら、私はぐっしょりと濡れたスカートをぎゅっと握り締めていた。


最低。最低。最低！

私はずぶ濡れのまま学校を飛び出した。

だから学校なんて嫌いだったんだ。一人で良いのに。かかわらないでいてくれれば良いのに。こんなことでは絶対に泣かない……！

ぐしゅぐしゅ鳴っているローファーを履き潰しながら、ちょうど正門を抜けた辺りだった。

「確かに暑いけどさ、頭から水かぶるってのはどーなん？」

苦笑交じりの声に振り返ると、後ろには清水クンが立っていた。

「これは――ちがっ」

慌てて説明しようと口を開く。しかし喋り終える前に清水クンが言った。

「ウチ来なよ」

「えっ⁉」

そんなことはなんでもないというような口ぶりで、

「近いけぇ」

ただそれだけの理由で。

「で、でも……」

「それを見過ごせって？」

「だ、だって」

男の子の家なんて生まれてこのかた行ったことがない。そんな一大事にこうもあっさり誘われるなんて……どうして良いか分からず口ごもる私に、

「あんたがそのままで帰りたいって言うんならそれでもいーけど」

そう言って清水クンが私の制服を顎で指した。

透けている制服。くっきりと下着の線が浮いていた。

「……っ!?」

言葉もなく、慌てて自分の体を手で覆い隠した。

そんな私を見て、彼は意地悪く、答えなど分かり切った質問をするのだった。

「どーするん？」

私は恥ずかしさを堪えながら、小さい声で呻いた。

「…………お、お邪魔、させて頂きます……」


本当に近い場所にその家はあった。学校から歩いて五分。

「い、家には家族の人おるんじゃろ？」

「おらんほうが良かった？」

「……。いきなりずぶ濡れの私が来たら変に思うじゃろ」

「それなら大丈夫。あんたが心配するようなことはないけぇ」

「？」

そんなことを話している間に着いてしまった。

「ほら、ここ。ここが家」

「は⁉　こ、ここ⁉」

彼が指したのは、家でも、マンションでもなくて、病院だった。

それも、町一番の大きい病院。

そして同時に、町一番の怪しい病院。

外壁が桃色の、通称『ピンク病院』。周りの人々からはそう呼ばれていた。

「そ、ピンク病院♪」

彼は私の心内を見透かすようにそう言った。何が楽しいのか語尾まで跳ねさせて。

この病院は学校の近くにあって、校舎からでも病院の中央にそびえる塔屋看板は見えていた。しかし一度も来たことはない。大きい病院にかかるような病気もしてこなかったし、私の通学路とは別だったこともあって、この病院の前を通ったのは本当に数えるくらいしかなかった。

……それに、この病院にかかるくらいならボロい診療所のほうがましな気もしていた。

「ここに住んどるん？」

私は訊いた。しかしそこに猜疑心はなかった。何故かこの病院と清水クンが合っている気がしたのだ。

「もち、院内じゃないけど。こっち」

そう言って病院の隣の敷地を指した。

病院よりは見劣りするが、それでも普通の家庭の家とは比べるまでもなく立派で大きい、お屋敷とも呼べそうな瓦屋根の一軒家が隣接していた。

「両親は病院。弟は幼稚園。家には誰もおらんけぇ」

清水クンはスタスタと進んで、家の前に構えている屋根付きの門を潜《くぐ》った。あまりの出来事に呆けていた私も慌ててその後を追う。玄関までの道は石畳で埋められていた。

彼はポケットから鍵を取り出して、木でできている横引きの扉を開けた。

「ほら」

そして入るように促した。

恐る恐る中に足を踏み入れると、玄関には何やら重厚そうな石が敷いてあって、日本人形が飾ってあった。まるでここだけ時が止まっているかのような、ひと昔前の豪邸だった。

「いちいち古臭いんよね」

彼は自嘲するかのようにそう笑ったが、

「でも案外落ち着くんよ」

と、外見にそぐわない発言を洩らした。

＊＊＊

もくもくと立ち込める湯気の中、私は生まれたての赤ん坊と同じ格好で四肢を投げ出して湯船に浸かっていた。

「あー……気持ち良い」

家の外観からの印象を裏切らない、檜《ひのき》でできた大きな浴槽が、特有の匂いを放って私を包んでいた。

先程、『覗いて欲しいんなら早めに言いんさいよ』と軽口を叩いた清水クンの顔に、出して貰ったタオルを思いっきり投げつけたことを思い出して反省する。

正直、彼の軽口には慣れていたし、何より救われている部分の方が大きかった。

ちゃぷんっ……と、お湯が鳴って、それが、なんだか……胸に詰まる。

心の傷に温かいお湯が浸み渡ってゆく。

少し痛かった。痛くて目頭が熱くなる。

一人でも良いなんて、嘘っぱちだ……。

誰かに優しくされたら、こんなに、こんなに――嬉しい。

私はただ、それに飢えていただけだったんだ。

そのことに気付いた私は、思いっきり顔を湯船に浸けて、息が苦しくなるまでそのまま、少しだけ肩を震わせた。


お風呂から上がって、茹だった体を拭いてから着替えをする。

制服を洗濯してもらっているので、清水クンが代わりの物を用意してくれていた。

白い服が畳んで置いてある。手を伸ばしてそれを広げる――

そして、私は彼への感謝の言葉をこの一言に凝縮させた。

「――あんにゃろう!」

彼のしたり顔が目に浮かぶようだった。しかし、辺りを見回せど、着るものといったらこれしか置いていないのだ。

私は苦渋の決断を迫られていた。

これを着るか、

ここで裸のまま一生を終えるか……。

その馬鹿げた選択肢も、私にとっては同じ比重だった。しかし、決めなければ……! 彼のしたり顔を思い浮かべ、それを導火線にして、

「しーみーずーくーんー!」

私は彼を探して家の中を駆けずり回った。勿論、断腸の思いであれを着て。

いくら家の中に誰もいないからといって、もし誰かが帰ってきて、こんな格好を見られでもしたら即アウト。誤解されること間違いなしなのだ。というか、一刻も早く着替えたかった。

「どこにおるんよ! 出てきんさーい!」

広い、まるで旅館のような造りの家だった。

私はいくつかの和室を抜けて、階段を見つけた。昔から子供部屋というのは二階にあるものと相場は決まっているのだ。

私は意気揚々と階段を駆け上がった。

まず目に入ってきたのは長い廊下。その廊下の壁には、幾つもの写真が様々な形の額縁にはめ込まれて飾られていた。

家族揃って写っているかしこまった雰囲気のものや、入学式の写真など、なんとなく無味乾燥な印象を与えられるものばかりだった。

その中に写っている小さい男の子は清水クンだろうか。綺麗に整っている顔立ちが周りの子と比べても特別なものだということが分かる。ただその顔ににじみ出ている生意気さがそのまま今の彼に繋がっている気がした。

「……あれ？　この人……清水クンに似てる……？」

その内の一枚。厳格な顔をして椅子に座っている男の人の隣に、綺麗な女の人が立って並んでいるツーショット写真があった。

その女性の顔立ちが、清水クンに似ていたのだ。と言っても、くすんだ古いカラー写真で、如何《いか》にも古式な装いをしているその女性から想像するに、似ているのは清水クンのほうなのだろう。しかし、問題はそこじゃない。いくら写真が劣化しようとも伝わってくる彼女の聡明そうで美しい顔立ちは、明らかに日本人の――ソレではなかった。

「それは俺のばーさん」

その声にハッとなって、横を向くと、いつの間にか清水クンが、反対側の壁にもたれて立っていた。

「お婆さん外国の人なん？」

「そー、意外？」

「……でもない」

「ははっ、だよな」

むしろハーフと言われても納得できるような顔立ちをしている彼の出自は、真相を聞いても驚く事実ではなかった。

「四分の一のはずなんじゃけど、俺だけ濃いーんよ」

「隔世遺伝？」

「先祖がえりとも言う」

何故、その事実を隠しているのかは私の知るところではないが、そう言う彼の顔が少しだけ曇っているところを見ると、あまり気持ちの良い話題ではなかったようだ。

何か他の話題を――。考えて、瞬間、思いいたる。そうだ。私は……。

「――そんなことより、清水クン！　ちょっとこれ、どういうことなんよ！」

怒っていたんだった！

私は自分の着ている服の先を引っ張って文句を言った。

「どうって、俺のワイシャツ」

「そーじゃなくて！」

「漢《おとこ》のロマン？」

「アホなん⁉」

不毛な会話に苛立ちが募る。しかしそれよりも、白いブカブカのワイシャツ一枚に、下着だけ付けているということに対する羞恥心の方が大きかった。幸い小柄な私の体は太股まですっぽりとワイシャツに隠れてはいたが、スースーしてしょうがない。

「ジャージでもなんでもいーけぇ、なんか貸しんさいや！」

「えー俺ジャージとかそんな汗臭いもの持ってなーい」

ブリっ子のように両拳を顎に付けてふざける清水クン。

湯船で彼に感謝していたことを激しく撤回！

「なにっ考えとんよぉ……っ！」

ドカドカと彼に詰め寄った。

「まーまー」

それを宥《なだ》めようとする清水クンの、その後ろの壁に、私は不意に目を奪われた。

「……！」

「灯？」

「この写真……」

「あー、それは曾《ひい》じーさんが病院立ち上げた頃の写真じゃろ」

清水クンが説明をしてくれた。

「うちの曾じーさん、今の病院の創始者なんじゃけど、最初は今よりもっと小さい、〝サナトリウム〟ってやつから始めたらしいけぇ。そん時の写真を『初心忘れるべからず』って、いっぱい飾ってあるんよ」

私はその壁にかかっている写真を一枚一枚眺めていた。

清水クンの言うとおり、写真の中には共通して同じ人物が一人、写っていた。彼の曾祖父だろう。看護婦さんと笑いあって写っている写真や、診療風景、病院の外観写真、スタッフとの集合写真など、様々なものがあった。

「あ、気付いた？」

清水クンはそう言うと、一枚の写真を指差した。

「うちの旧校舎」

それは病院の外観写真。確かに見覚えのあるそれは、校舎の裏に閉鎖されたまま佇んでいる旧校舎の外観と同じだった。

「これって、相当、古い写真じゃろ……？」

だけど、私はそんなことよりも——

気になることが他にあった。

「んー、確か……九十年は昔じゃろーね」

古い白黒写真。先程見た清水クンのお婆さんの写真よりも古ぼけている。そうだろう。そのくらい刻が経《た》っているはずだ。

だから、そんなはずはないのだ。

「——灯？」

いるはずがないのに。

私の双眸は一点を捉えて離さない。

清水クンの曾お祖父さんと看護師さんが笑い合っている、その後ろに——病室のベッドに座っている正造など、いるはずがないのに。

3

空を見上げると夏らしい快晴が広がっていた。三十度を超える真夏日。

何もかも灼きつくすような炎天下、そのすべてがジリジリと私を焦がしてゆく。

八月十三日。十七歳の最後の夏。

私がこの日を忘れることはない。


近くのスーパーで、赤・青・緑・黄色・紫・水色の和紙がカラフルに貼られている盆灯籠が売られていた。この時期になるとコンビニでも商店でも灯籠を売り始める。

しかし今年はお店では何も買わずに通り過ぎた。

私の掌に握られているのは、普通の灯籠よりも背の高い、私の頭より一つ分抜きん出た灯籠だった。正造と一緒に灯籠作りをした日々を思い起こしながら、一つだけ丁寧に作り上げた。色紙も大きい和紙を買い、六角形の頂点にも金紙で作った飾りを付けて、お店で売っているものと寸分違わぬ盆灯籠。

それを携えて、私は学校に向かった。風に遊ばれ、六角形の頂点から垂れる派手な金紙の飾りが揺れていた。

この時期には町中に灯籠が溢れていた。だからそれ自体は珍しいことでもなんでもなく、夏休みなので閑散としている学校の中で、灯籠を持った私を気にする者などいはしなかった。

校内には、部活動に励む生徒の声と吹奏楽部の楽器の音だけが遠くに響いていた。

確かめたいことがある。そのために学校に来たのだ。

まずは教室に荷物を置いてから行くことにした。

ガランとしている誰もいない教室。自分の席に灯籠を立てかけてから教室を出た。

教室の前で三人組の女子にすれ違う。いつものように挨拶もしないまま、私たちは交差した。

その後、廊下の窓から少し外を眺めた。教室から見えるグラウンドの景色とは違い、中庭と木立に囲まれた緑の中に、私が今日行こうとしている場所が見えていた。

そのままそこへ向かおうと、私は一歩足を踏み出した。だけど……どうしてもそれ以上進めない。真実を知るのが恐くて、その先に進むことを躊躇していた。

私は目的地に向かう前に、目の前にあったトイレに逃げ込んだ。中に入ると一番端にある洋式のトイレに入って、便座の蓋を閉めて腰を下ろした。トイレの本来の目的とは別に、私はただ座ってじいっとしていた。

弱い自分がそこにはいた。

本当は夏休みに入ってからずっと考えていた。もうこのまま口を噤《つぐ》んで、目を瞑って、何も知らないふりをして、また来年も再来年もずっとそのままで過ごしていく方が幸せなんじゃないかって考えた。

いつか限界はくるだろう。いつか私たちは一緒にはいられない日がくるのだろう。夏になって山で遊ぶことも、話すことも、笑うことも叶わなくなる時が。

でもその幕を自らが降ろすことはないのかもしれない。わざわざ知る必要もない。

いつかいられなくなるその時まで、せめてその瞬間まで。一年でも長く、一日でも長く、一秒でも長く――

「ねぇアイツさぁ、どんな顔するかねぇ？」

そんな時だった。

ドタドタと、何人かの女子がトイレに入ってきた。

ビクゥ！　と体が震える。ホースで水をかけられた記憶が、昨日のことのように鮮明に蘇った。私は気付かれないように息を殺して存在を消した。

「さぁねぇ、でも気付いたらすっごい顔するんじゃない？」

「うっわ、楽しみ～」

「さっきもさぁ、『何、学校に持ってきとんじゃー！』って長谷川に見つからんかドキドキしたわ」

「まぁ上手くいったし、後はアイツが気付けば……」

「じゃねー」

そうやって楽しそうに談笑している女子たちの声を、私はトイレの中で聞いていた。

そして、

「あ、それこないだCMしとったやつじゃん。もう買ったん？　ちょっと使わせてー」

「あそこの高いんよねー」

と、彼女たちもトイレ本来の使用目的とは違い、化粧直しをしてから出て行った。

キィッと、扉を開けて外に出る。

嫌な予感がした。

私はトイレから飛び出して、教室まで一直線に駆けた。

ガラッと、扉を開けて教室の中に入る。私は自分の席を見た。

——ない。ない。ない。教室に置いていたはずの灯籠がなくなっていた。

もしかして、と。どこかに置き忘れたのかと記憶を辿ってみる。教室のロッカーや教卓。ベランダまで隅々と探してみた。しかし灯籠は見つからない。

けれど、どう考えても教室に灯籠を置いて出たのは確かだった。

「……」

嫌な思いが頭を過《よぎ》る。先程教室の前ですれ違った女子たちは三人で、トイレに入って来た女子たちの声も三人だった。そして思い返してみれば、彼女たちの中に、私に水をかけた女子が一人交じっていた。

「……やられた……」

夏休みだからって、迂闊《うかつ》にも教室に置いておくなんてどうかしていた。

私の持ち物は頼まれても触りたくないだろう……なんて、まったく浅はかだった。

彼女たちには彼女たちなりに別の楽しみ方があったのだ。

急いで元の廊下に戻って彼女たちの姿を探すも、そこにはもう誰もいなかった。

「……っ」

悔しくて唇を噛んだ。あれは大事な灯籠だった。

大切な人に捧げるための、大切な――。

そのために竹を削ぎ、曲げて、組んで、一つ一つを丁寧に気持ちを込めて作ったのに。

また作り直せば良い、それは簡単なことだけれど、私の大切な気持ちまで踏み潰された気がして哀しかった。自分のことなんて笑えば良い、苛めれば良い。だけど、侵して欲しくない私の……奥底にまで土足で跡を付けられた。

こんなとこにはいたくない。逃げ出したい。

私の居場所はここにはない。ずっとそう思ってきた。私を受け入れてくれないなら、私も必要としない。そうすれば傷付かない。そうやって私は、はなからその深い溝を埋める努力をしてこなかった。

だから、この仕打ちは自業自得と言ってもいいのかもしれなかった。

だけど、正造は……そんな私を受け入れてくれた。だから、だから……

知らなきゃいけないんだ。

私は顔を上げて、窓の外を見据え、その一歩を踏み出した。

＊＊＊

旧校舎。ここはもう半世紀もの昔に学び舎ではなくなって、暫くは部活棟として使われていたらしいのだが、何年か前に閉鎖され、老朽化を理由に誰も立ち入ることを許されていなかった。そのうち取り壊される運命の建物だ。

私は今、その旧校舎の前に立っていた。

そして今、すごく馬鹿なことを考えている。

この建物の中で撮られた写真に写っていた、正造の姿を思い出す。

中に手がかりがあるかもしれない。それは安直な思いつきだった。

けれど、手がかりだけではない何かがここにはある気がした。

もちろん、すべてが杞憂で終わればいい。そう思ってここに来た。

しかし足を踏み入れようにも、扉は×印に打ち付けられた木の板で封鎖されており、侵入者を固く拒んでいた。緑の蔦《つた》が生い茂る壁面に見え隠れする窓も、すべて同様に塞がれていた。

これでは手の出しようがない。お手上げだ――そう思った時だった。

「これ、外れそう……？」

一番端の窓に打ち付けられている木の板。その板に打ち込まれている釘が朽ちて外れかかっていた。

私はその板に手を掛け、力の限り外側に引っ張ってみる。――バリッ！

「ぅわぁあ！」

それは思いの外簡単に剝ぎ取ることができた。勢い余って後ろに尻餅をついてしまう。

「いたたた」打ちつけた腰をさすりながら立ち上がって板が外れた窓を覗き込んだ。

案の定、ガラス窓が顔を覗かせていた。しかし上下スライド式の窓の鍵はとうの昔に壊れていたようで、持ち上げて開閉させることができそうだった。

さっそく残りの板を剝がすために、先程剝いだ板を窓と残りの板の間に滑り込ませ、梃子の原理でベリベリバキバキと剝いでいく。逸《はや》る気持ちからか、そんな労苦など歯牙にもかけなかった。すべて剝がし終えて、私は下窓のサッシに手を伸ばす。ぎっ！　ぎぎぃ！　と久しぶりの駆動に悲鳴を上げながら、窓枠が持ち上がっていく。周辺の埃《ほこり》が一気に舞い上がった。

「ごほっ……！　ごほっ！」と咳をしながらも、下窓を上に止めてから手で埃を払った。

「暗いなぁ」

それが何年かぶりにこじ開けられた旧校舎の内状だった。

埃の溜まった木の床以外、他は何もない、がらんどうな空間。窓に打ち付けられた木の板の隙間から入る木漏れ日のような僅かな光以外に光源はなく、まだ陽は高いはずなのに、その空間だけが切り取られたように、薄暗く陰鬱な気配が漂っていた。

恐い、けど……。ここで足踏みをしていたら意味がない。

私は意を決して窓枠の上に足をかけて中に入ろうとした。

――ドサッ！　不意にその音が響いた。

それが、自分自身が倒れ落ちた音だと後になって気付く。

気付いた時には、私は旧校舎の床に横になって倒れていた。

した。

「う……ん、ぅうん？」

うっすらと瞼を開ける。眩しい光が目を襲い、私はしかめっ面になりながら体を起こした。

——眩しい光？ いったいなんの？ ざわざわと変な気持ちが掻き立てられる。不思議に思いながらも周りを見渡す。そして私は目の当たりにした——

何にも遮られることなく、すべての窓から燦々《さんさん》とふりそそぐ明るい日差し。

部屋の中に置かれた無数のベッド。その上に寝ている人々。

そしてその間を行き交う白い服を纏《まと》った、看護師たち——その一人がこちらに向けて歩みを進めていた。ずんずんと近づいてくる。そして、あ！ と思う間もなく、その人は私をすり抜けていった。文字通り、私をすり抜けて、いや、透り抜けていったのだった。

「ど、どういうこと……？」

ぽかんと口を開けて驚くも、そんな私を気にする人など、一人もいやしなかった。明らかに場違いな服装をしている小娘が一人、この空間にいるのだ。誰か一人くらいは目線を向ける者がいても良さそうなのに。

——この人たち、私が視えていない!?

一番近くのベッドに寝ている病人の前に立ち、目の前で掌をひらひらさせる。しかし反応はなかった。ごくりと固唾を呑んでから恐る恐る手を伸ばした。そして——なんの感触もないまま私の手はその体を突き抜けた。

まるでホログラムの立体映像を見せられているような、そんな感覚。

視覚は暖かさでいっぱいなのに、私の体は鳥肌と寒気とで、背筋がすうっと凍りついていた。

「……っ!」

でも、たとえそれがどんなに不気味なことでも、私は……。

床に張り付いている足をなんとか動かして、その部屋から抜け出た。

出た先には、部屋と部屋とを繋ぐ一本の長い廊下。

私は廊下の一番端の部屋にいたのだ。そこから順繰りに最奥までひとつひとつ部屋を覗いていく。大部屋や一人で寝ている小部屋、部屋に違いはあれども、そこには共通して顔色の悪い病人が寝ているのだった。特に一人部屋の住人は痩せており、血色のない土気色の顔をしていた。

どこ？　どこにいるの？　私の中にはもう確信に満ちた思いがあった。彼はここにいるのだ。絶対に。

廊下を進む歩を速め、ついに最後の部屋に私は辿り着いた。

扉を透り抜け、私はその部屋の中に入った――

途端に春の気配が視覚をくすぐった。

開け放たれた窓。その窓からは桜の花びらが舞い込んでいた。

花びらとともにそよぐ風が、目の前の男の黒髪をサワサワと揺らしていた。

「…………正造」

今まで幾度となく見てきた横顔が気持ちよさそうに窓に向けられていた。

色白な肌に薄青の浴衣を着た正造が、ベッドの上で背に枕を敷いて上体を起こしている。膝の上に掛けられた布団の上には、一冊のノートと万年筆。

正造は窓の外を眺めながら、時折そのノートに何かを書き込んでいた。

窓から見える景色には一面に緑が広がっており、今、ここの季節は春なのだろう、桜の木もその中に佇んでいる。そして見えるはずのないものも――

そうか。この時はまだ……。

本来なら学校の校舎で見えないはずのあの山も、ここからよく見えていた。
今、私は彼と同じ景色を見ているのだ。
ゆったりと進んでいく時間が、ようやく私にも暖かさを感じさせてくれた。
優しい目で正造を見つめた。彼は景色を見ながらまたノートに筆を走らせ、そして、
書き込んでいた手がピタリと止まる。
——ゴホッ……ゴホゴホ……
彼が咳き込む。
——ゴホッ……ゴホゴホ……
苦しそうに咳き込んだ。
——ゴホッ……ゴホゴホゴホッ……
そして、
——ゴホッ……ゴホゴホゴホゴホゴホ……ゴホゴホゴホゴホゴホ……
それは止まらない。
「しょ、……うぞう？」
私は嗄れていく喉で彼の名前を呼んだ。しかしその声はなおも続く咳に掻き消され、

己の耳にさえ届かない。

嫌な音がする。恐い。

恐くてこの場から逃げ出したかった。全身の毛が逆立って、血が、頭が、沸いていく。

——ガハッ……!

突然咳は止まった。

彼の喉から苦しそうにヒューヒューと呼吸する音が漏れる。

そしてその口の周りには赤い鮮血が。手元にあるノートの真っ白なページもその血で染められていた。

「正造!」

今度ははっきりと、自分でも驚くくらいの大きい声で、彼の名を呼んだ。

顔色の悪い——よく見れば、いつもあの山で見る正造よりも頬は瘦《こ》け、肉は削げ落ち、浴衣の袖から出ている腕と、はだけた共衿《ともえり》から覗く胸の儚さがことの深刻さを物語っていた。

「正造! 正造! 正造、正造、正造正造しょうぞう……っ」

お願いだから死なないで。お願いだから……!

ここがどこかなんてとっくに忘れて、私はただ目の前にいる正造に向けて声を発していた。

届いて！　お願い！　何をあげたって良い！　私の命だってあげるから……！

歯を食いしばって、崩れ落ちそうになる体を必死に支えて、私は願った。

そしてその願いが聞き届けられたかのように、彼が私を仰いだのだった。

「……え？」

ベッドの上に座している彼が、彼の瞳が、こちらを向いていた。

覗き込むような彼の瞳が、私をまっすぐ向いていた。

視線が合う。

ドクンと、心臓の音が聞こえた。

彼は私を見つめ、泣きそうな顔をしてこういうのだった。

――――たい……

「――っ！」

今すぐ彼を抱きしめて、そして骨が折れるほどぎゅうっと包んであげたかった。
彼を助けたい。彼を――
もう見ていられなかった。こんなにも衰弱している彼のことを。
私は手を伸ばす。後はぐっと踏み込むだけ。それだけで彼に手が届く。
それだけしか彼との距離はない。
伸ばせば届く……！
伸ばせば届く……！
こんなにも近くに――
「……！」
けれども現実は残酷で、
私は手を伸ばしきることができなかった。
私の体を白い物体が透り過ぎていく。
ちょうど彼と私の間を隔てるように収まって、それは彼に触れた。
……あぁ、そうだ。
これはホログラム。記憶の残滓《ざんし》。

私がいくら手を伸ばしても届かない。

彼には届かない。

永遠に届かない。

彼が私を見ていたなんて勘違いも甚《はなは》だしい。彼が見ていたのは、今まさに彼に触れている、私の後ろに立っていた看護師だった。

私じゃない。

私じゃ彼を救えない。助けることなんてできやしない……！

視界が曇って、足にも力が入らない。支えを失った私はそのまま床に崩れ落ちる。

握りしめた拳で床をドンドン！　と殴って、殴って、殴って、何度も何度も……手が真っ赤になっても、私は殴り続けた。

そして床にポタポタと染みが出来ていく。

「ぅ……っ、ぅう……、うわぁっあああああああああああああああ！」

今まで張り詰めていた想いが決壊して、私は慟哭《どうこく》した。

悔しくて、悲しくて、腹が立って、どうしようもない。

私は私自身が涸れるまで、叫んで、泣いて、そして、そのまま床に倒れるようにして気を失っていた。

目を開けると、日は沈みかけ、病室は赤い夕焼けに包まれていた。床に預けていた頬に鈍い痛みを感じながら私は体を起こした。そして立ち上がりながらベッドに目を向けると、そこはすでにもぬけの殻だった。

私は胸を衝かれたようにハッとなった。

まさか寝ている間にこの幻が消えてしまったのではないかと。

しかし、ベッドも病室もそのままで、何より、窓から見える山が、夢の続きだと安心させてくれた。

主のいないベッドの上にノートと万年筆だけが転がっていた。

ノートはまるでさっきまで綴られていたかのように、ページが開かれたまま置かれていた。

部屋はシン――と静まり返り、カラスの鳴き声が遠くに響いていた。

私はそのノートを覗く。

綺麗な景色が好きな正造は、きっと窓の外を見ながら、その感想でも綴っていたに違いない。気持ちよさそうに外を眺めていた彼の横顔を思い出しながら、そこに書かれている文字を読んだ。

真っ白な余白と、そのページに記された小さな文字。

――死にたい――

私は、息を呑む。

刻さえも止まったのではないのかと思ってしまった。何も動かせない。指も手も、足も体も、視線さえも。こんなもの見たくはないのに、その文字から目が離せない。固まったように動かせない。

私のその金縛りを解いたのは、一陣の風だった。

体感することはないが、目の前の真っ白いカーテンが揺れてその風を教えてくれた。

――ギィイ……ギィイイイ……

不意に、何もないはずの後ろから擦れるような音が発せられた。

それはまるで、木が何かの重みに耐えかねてしなっているようなそんな音。
――ギィイ……ギィイイイ……ィイイ……
部屋に入ってくる風に呼応するように〝それ〟は揺れ、音だけが鳴り響く。
まさか。
まさか。そんなはずはない。
振り向けば終わってしまう。そんな気がした。
だけど、どうして？　さっきまでの金縛りが嘘のように私の体は自由に動く。
手も足もピクピクと痙攣してるかのように震え始めた。
それでも私に見ろと言うのか。最後まで、私に。
なんて残酷な――なんて残酷な世界。
そして私は振り向いた。
「……正造」
発した声には何の感慨もない。それはただの音として流れて消えた。
夕映えに照らし出された私の長い影、それに連なるようにもうひとつ。
天井の梁に吊された、浴衣の帯。

そして――

――ドサッ！　不意にその音が響いた。

それが、自分自身が倒れ落ちた音だと、後になって気付く。

気付いた時には……。

「……ぉぃ……ぉい！　……おい！　灯！」

目の前には男の影。ぼんやりと視界が広がっていく。それははっきりとした輪郭を持って私の中に入ってきた。

「しょうぞぅ……」

虚ろな声が口から洩れた。

「灯！」

それを叱るように怒鳴るのは、

「しっかりしんさい！　灯！」

心配そうに私を見つめる、清水クン――

「……え、清水クン？　どうして？」

「それはこっちの台詞じゃろ。こんなとこで何しよんよ？」

こんなとこって……。私は辺りを見回した。

旧校舎の目の前で、私はその壁にもたれかかって座っていた。横には剝がされた窓の板が何枚か落ちている。

「私……私……」

今までの出来事は全部……夢？

いきなり幻から現《うつつ》へと引き戻されて、頭が混乱する。そしてミーンミーンと鳴く蟬の音と、茹だるような暑さも同時に舞い戻ってきた。気付けば、体は寝汗でもかいたようにびっしょりと濡れていて、セーラー服の白い部分が体に張り付いて気持ち悪かった。草の上に投げ出された素足の裏も、少しむず痒《がゆ》くて気分が悪い。

「まさかわざわざ学校まできて昼寝ってことはないじゃろ？」

清水クンはクスリと笑ってから片膝を突いて私の頰に手を伸ばした。

汗で頰に張り付いた髪の毛を一本一本剝がしていく。

「私……行かんと」

頬に触れられる部分が熱くて、心臓が早鐘を打つ。

「また、あいつんとこ？」

「…………」

正造……。さっき見た幻を思い出して目の前が真っ赤に染まる。夢だとしたらなんてひどい夢。ううん。夢のわけない。だって私は覚えてる。恐いくらい覚えてる。私の中に染みついた鮮やかな夕焼けの色。その赤さが消えない。

「そんなに辛いなら、やめりゃーいーじゃん」

「え？」

「やめろよ」

清水クンは私の足の上を跨《また》いでのしかかる。そのまま彼の両手が私の頬を挟むように、後ろの壁をタン！　と突いた。いきなり目の前に彼の端整な顔が現れたのだ。その近さにドギマギしながらも、何かの冗談？　そう思って清水クンを見る。しかし、彼の顔にいつものような気怠《けだる》さはなくて、真剣な眼差しで、そしてそれが少し恐かった。彼の首筋の汗が玉のように光って、すぅーっと流れていった。彼は言う。

「楽になりたいんじゃろ？　何にそんな未練があるんよ？　いい加減諦めろよ！」

「何……？　そんなの清水クンに関係ないじゃん！」

「あるよ！　大ありなんだよ！　あんたいっつも悲しそうな顔してんだよ！　今だって、なんだよその顔！　『大泣きしてました』って書いてあるんだよ！」

もう少しで鼻が当たりそうなくらい近い距離で彼が叫んだ。

鼻筋の通った均整の取れた凛々しい顔立ち。雪のように白い肌。絹糸のような前髪に隠されたビー玉の瞳。そしてそれに映り込む私の……泣き顔。

不思議な、不思議な感覚。今までで一番近い場所に彼がいる。

だから、いつもよりはっきりと見える清水クンの顔。必死で、ビー玉の目にうっすらと溜まっている涙。

「行くなよ……！」

私は、いつもよく見えない彼の本心が少しだけ——見えた気がした。

手を伸ばさなくったって届く距離に彼はいる。

だからこそ、

「——どいて。どいてよ！　私は行かんといけんのんよ！　どうしても確かめなきゃならんのんよ！　じゃないと、私は……私は……、前になんて進めんけぇ!!」

心に嘘はつけない。

私も必死で、彼のシャツを掴んで、いつの間にか肩を震わせしゃくり上げていた。そしてドン、ドン……と、目の前にある彼の胸を叩いた。

「これが……これが……っ、最後じゃやけぇ…………!」

泣いてばかりいた。それを止めてくれたのが正造だった。笑わせてくれて、楽しいって気持ちを教えてもらって、喜びを知って、そして私は、いつの間にか、正造のために泣いていたのだ。清水クンの言いたいことは分かる。私は不幸なのかもしれない。悲しいし、辛いし、胸がちぎれそうだ。

だけど、

「私は正造が好きじゃやけ……っ」

私は不幸と同時に、幸せなのだ。

「大好きじゃやけぇ!」

目の前の優しい手を掴めば不幸じゃなくなるかもしれない。だけど、それだけ……。

たとえ三百六十一日一緒にいられたとしても、清水クンが私を笑わせてくれたとしても。

清水クンと一緒にいる日々は、正造に逢える四日に勝てない。それだけでは、幸せにはなれないから。だから掴める手を解《ほど》いて、私は行かなきゃならない。

——あなたのもとへ。

「……灯」

清水クンが私の手首をぎゅっと掴んで、胸を叩くのを止めさせた。そして——

私を抱き寄せた。

「泣くなよ。俺があんたを泣かせたら、意味、ないけぇ……」

もう一度私を抱く手にグッと力を込めて——そうして、彼は私から離れていった。

私は、私が傷付けた横顔に、ごめんね。そう心の中で謝ってから立ち上がった。

すると目に入ったのは、カラフルな色をした——盆灯籠。

「なんでここに……？」

盗られて隠されたはずの灯籠が目の前の草の上にちょこんと倒れて転がっていた。私は思わず駆け寄ってそれを拾い上げる。——間違いなく私の灯籠だった。

「それ、見つけといた」

その言葉に振り向くと、清水クンがこちらに背を向けて胡座《あぐら》をかいて座っていた。

「あ、ありがとう……！」

そのぶっきらぼうな背中にお礼を言った。

どうしてこんなに優しくしてくれるのか、訊くのは卑怯な気がした。だからもう一度だけ、ありったけの感謝の気持ちを込めて、

「本当にありがとう——」

私は歩き出す。もう振り返らない。今は前だけを向いて。

「ひとつだけ」

彼の声が響いた。

「あんたの行くその先に、未来なんて……ないんよ」

清水クンの言葉を背に、私は走り出していた。

ごめん。ごめんね。そうかもしれない。彼の言う通りだ。だけど、私は止まれない。もうこの先へ進むことしか、それしかできない。

もう二度と戻れないかもしれない。だけど、私は、今は正造のことだけしか、彼のことだけしか、彼のことばかりしか考えられない。

握った灯籠を、強く握りしめて、私は山へと向かった。

＊＊＊

山に着く頃にはもう陽は完全に落ちて、夜の帳《とばり》が降りていた。何にも遮られることがなく、周りに高い建物や夜遅くまで開いている店などがないこの地は、午後七時になると、とっぷりと暗闇に包まれていた。

私は何度も通った山道を黙々と登っていた。生い茂る草と、夜には不気味に見えるざわめく木々。虫の音だけが壊れたラジオのように耳に木霊《こだま》していた。

それでも前へ前へ足を進めることができたのは、足元だけはしっかりと見えていたから。

何も見えない暗闇の中で、右手で摑んでいる盆灯籠だけが静かに光を放っていた。

ぼんやりと、しかし揺るぎなく――

「これでよし！　と……」

学校を出てから山の麓《ふもと》に到着した私は、途中スーパーに寄って購入したロウソクとマッチを袋から取り出して点火した。そしてもうひとつ、袋に入っていた半切れのジャガイモを取り出して、切り口側に箸袋に入っていた爪楊枝を刺す。その先にロウソクを刺して、盆灯籠の逆傘になっている部分にそろりと入れた。ジャガイモがロウソクの丁度良い土台となって、赤と青と緑と黄色と紫、そして水色の和紙に光がぼうっと灯る。

さすがに通い慣れた道とはいえ、夜の山道を何もなしに歩くことはできなかった。そこで思いついたのが、灯籠に火を灯すことだった。

本来のあるべき姿に戻された灯籠を握り締めながら私は進んだ——

登り続けると次第に坂の傾斜がきつくなり、急勾配になっている土階段が出現したところで私は足を止めた。そして振り返る。そこには暗闇にキラキラと広がる地元の町の姿。山の中は真っ暗だと言っても時刻はまだご飯時。明りの点いた家々がひしめき合っていた。それは都会のビル群ともまた違う、綺麗で、あったかい夜景。

学校も、家も、病院も、公園も、通学路も、清水クンも、皆、そこに在る。

目を細めて、自然に私は微笑んでいた。

私は初めて、その光景を愛しいと思った。

そこに在るすべてのものを。私を形作るすべてのものを。

そこに、すべてがあるから——あなたに繋がっていくもの以外は、全部。

落とし物、みなかった?

優しい声が響いた。

驚くことはしなかった。勿論どこにいるかなんて、目隠しをしていても分かる。

私は夜景にさよならを告げて、土の階段を上った。一段一段しっかりと、足の裏に力を込めて。

次第に見えてくるあなたの姿。

私は階段を上りきって、そして、

「見つけたよ」

そう言った。

サラサラな黒い髪の毛、少しこげ茶で綺麗な、吸い込まれるような、消え入りそうな、そんな不思議な瞳。青い白い肌に精悍そうな顔立ち。

出逢った時と変わらないあなた。

出逢った時と同じように木の根に座って私を見つめている。

ねぇ正造……。覚えてる？

あの時は、座ったあなたと目線が同じだった。でも今は、私があなたを見下ろしている。

ねぇ正造……。今、私は、ちゃんと笑えている？

「見つけたんよ、落とし物……」

声は震えてない？

「灯……？」

「上に行こう……」

そして私は手を伸ばして――彼を支えた。

「いつもの場所で座って待っとって、座ったら目を瞑って、私がいいっていうまで開けちゃだめじゃけんね」

お墓が見渡せる坂の縁に正造を先に行かせて、私は下で準備をする。

十基ほどのお墓の間には、墓参りにきた人が刺していった灯籠が数本立っていた。

私は手を合わせて、「少しだけ貸してください」とお願いした。そして、手前の灯籠に、持って来ていたジャガイモの半身を入れてロウソクを立てる。それが終わると、次の灯籠にも同じようにロウソクを立てた。すべての灯籠に入れ終えて、私はマッチを擦った。


いつか……一緒に見ようねと言った光景を、正造は覚えているだろうか？

あの頃は無邪気にあなたの隣にいた私が、羨ましい、素直にそう思う。

けれど、戻りたいとは思わない。

この恋心も、寂しさも、悲しみも、この気持ちは今の私だけのものだ。

ぼうっと光る灯籠は、六つの色が淡く灯って、まるで……。

「正造、開けていいよ」

私も父と母の墓を見下ろせる坂道の縁までいって、腰を下ろした。

隣にいる彼の顔を覗いた。

夜が深まっていくにつれ、一段と辺りの闇は濃くなっていくけど、その代わり、木々が開けているこの場所では、灯籠の光が私たちを照らしてくれていた。

正造が、目をそっと開ける。

そして、

「――‼」

前に広がる光景に圧倒されるかのように、彼は言葉を漏らした。

「……万華鏡のようだ」

いつも、

いつもそうだ。

あなたはこのなんでもないような世界を、あっという間にかけがえのないものに変えてしまう。

あなたを通して見た世界の、なんと素晴らしいことか。

心が洗われるような、涙がこぼれるような、目が覚めるような――まるで何千本もの灯籠に火が灯っているかのような。

そんな景色が、隣にいる私にも見える気がして、その世界は私を覆って、私はその一部になった。

今なら言える。

私は覚悟を決めて、それを口にした。

「死んどるん？」

とうとう、とうとう口にした。

その時強い風が吹いて、すべての灯籠の火を攫《さら》っていった。真っ暗になった辺りに声だけが響く。

「――灯」

そして、

「灯」

もう一度、正造が私の名前を呼んだ。

何度も呼ばれていたはずなのに、可笑しいね。

初めて呼んでもらえた気がするのはなんでだろう。

そしてもうひとつ。

私は分かってしまった。

あなたがここから、
私がいない世界へ、

余韻も残さず、
ただ、
消えていくこと。

彼の体が灯籠のように燐光《りんこう》を帯びて、うつつと彼とを切り離していく。

「思い出した。思い出したんだ。全部」

彼は弾かれたように、嬉しそうに、けれど、どこか哀しさを滲ませてそう言った。

「ずっと外を見てみたかった。あの明るい日溜まりの世界を歩いてみたかった。誰かと健康的に笑い合って、そして触れ合ってみたかった」

それは彼の記憶。身体の中に急速に流れ込んで駆け巡る記憶を、零さないように反芻して、二度と失くさないように、確かなものに変えていく。

「病状が深刻化していき喀血《かっけつ》して、自分の掌に真っ赤な液体が流れていって。私は渇望した。けれど、この血まみれの手を伸ばして咳で嗄れた喉を酷使して叫べども、この格子の檻から出ることは叶わない……この病室から見える景色は、永遠に自分のものにはならない。いくら望もうとしても、過ぎたるものは手に入らない。食べることもままならず、痩せ衰えた自分の体――己の夢とはあまりにも不相応な自分の姿。それに気付いた時には、病気を宣告された時よりもひどく気が滅入って、暗澹たる気分にさせられた。でもね、灯。そんなことよりも私が絶望したのは……」

彼の体から発せられた燐光が次第に大きく光彩を放って、彼の体から離れては上へ、上へと浮かんでいく。しかしそれは一定の範囲で留まり、彼の周りでふわふわと浮遊していた。それは魂の回帰を見るような——幽玄な世界。

彼は続ける。

「私が恐れたのは、その愚かな夢さえも見なくなる、虚無心。いつしか外の世界に憧憬することとさえ忘れて、ただ楽になることばかりを考え始めた。体の倦怠感は無気力へ、そして思考まで侵していった……」

彼は言いながら、光放つその手を私の頭に伸ばす。そして出逢った時と同じ優しい掌で私を撫でてくれるのだった。ひどく温かく感じるのは、決して気のせいではない。

「生きるって、希望を持つってことだろう？　ただ生きるだけなら人形と同じだ。だから、だから私は……だから——」

だから、彼は、命を絶った。

あの病院で見た光景と、ノートに書かれた彼の独白。

私は何も言わず、悲哀に満ちた彼の顔を見上げた。

彼の口もとが悲しく歪む。

「……そして私は罰を受けた。自らの命を絶つということほど業の深いものはない。私はその罪を犯してしまった。だから記憶を消され、成仏も出来ずにあの世とこの世の境を彷徨《さまよ》い続けた。気の遠くなるような孤独の深淵。永遠に続くはずの責め苦――けれど年に一度だけ、お盆の季節だけ、死者とこの世の壁は一枚分薄くなる。ただ、そこで運良く誰かに出逢えたとしても、記憶は無いまま、自分が死んでいるということさえ忘れたまま……お盆は終わる。幾度も繰り返す落胆に、私はもう諦めていた。いや、何に諦めているのかさえ分かっていない私は、文字通り〝死んで〟いたんだ」

震えるような彼の告白が頭の芯にわんわんと響いていく。

「だけどね、灯。灯――」

――!!　突然、彼が私を掻き抱いた。

「私は君に出逢えた」

瞬間。蛍に囲まれたような幻想的な世界が弾けて、一段と輝きを増して煌《きらめ》いていく。

ぎゅうっと力を込められた彼の腕が私をきつく抱きしめる。けれど……けれど……。

何故かちっとも存在を感じられない。

私も強く強く強く彼を抱き返すのに、どうしても彼に触れている感覚がない。


「君が私を見つけてくれた」


声だけが、私に彼を感じさせてくれる。

彼は言う。

「青い空も、息吹く緑も、夕焼けに染まる大地にも気付かないで、自分があれほどまでに渇望したその地にいることさえ知らないまま、一瞬の夢と通り過ぎていたんだ。今、私は大地を踏みしめている。ゆっくりと息を吸って、吐いて……たとえこの僥倖《ぎょうこう》がすべてまやかしだったとしても、君と笑い合ったこの夏の日に私は初めて〝生きて〟――そして〝死んで〟いくんだ。

君がいなきゃ、何もなかった」

熱のこもった熱い声。

――大丈夫。ちゃんと伝わってる。あなたの想いは私が受け止めるから。

だからもう少しだけ、もう少しだけここに。

正造の光が先程の風で消えてしまった灯籠に宿ってまた光を放つ。一つ、二つと灯っていく中で、そこにあるはずのない灯籠が立っていることに気付いた。元からあった灯籠の間に立つ小さな灯籠たち。

あれは——出逢った頃、ほんの小さかった私。

あれは、急に成長して、あなたを驚かせた私。

あれは、あなたに初めて贈ってもらった私。

あれは、あなたに恋をしたときの私。

あれは、あなたに会えなくて苦しかった私。

あれは……あなたを失う私。

あぁ、あぁ。なんて綺麗で、なんて惨《むご》たらしい光だろう。

滲んでいく景色。だけど泣かない。あなたを視界から消しはしない。

「……本当は『捜し物《きおく》』なんて、途中からどうでもよくなっていたんだ」

そんな告白、ずるいよ。

「君といることができたから」

眩しい光が瞬いて、世界を包んだ。

「ありがとう…………──」

それは色んなものを飲み込んで収束し、欠片も残さず、

──あなたを連れ去った。


夢じゃない。

これが夢ならきっと軌跡が残る。あなたを摑んだこの手に、捉えていた眼に。

なのに、
笑顔も、泣き顔も、苦しんだ顔も、怒った顔も、私を包んだ掌も、抱きしめた腕も、たおやかな体も、鋭い横顔も、微笑んだ唇も、覗き込むような瞳も、
そして、あなたへの恋も全部。

余韻も残さず攫っていって。

私だけが取り残された。

私は、彼を包んでいた手を静かに下ろした。

泣かなかった。

そう。涙は流さない。

泣いてはいけない。

「——しょぞっ……！」

私は掌をぎゅっと握って爪をたて、唇を噛んで嗚咽を飲み込んだ。

だって、拭いてくれる人はもういない。一人では泣かないと約束した。彼の残した唯一の約束を反故《ほご》になどできるわけがなかった。

暫くは笑えない。

私は空を見上げた。夜空からこぼれ落ちそうな満天の星が私を照らしていた。

周りを見回すと、緑の生い茂る中に、それぞれの墓標が静かに佇んでいる。そしてその脇に灯りの消えた灯籠が数本立っていた。小さい、正造が作ってくれた灯籠は、もういない。

彼のいなくなったこの場所は、ただの墓場。

彼のいなくなった私《わたし》は、がらんどう。

だけどここは——。

重い心を持ち上げて、私は立ち上がった。

足元には灯籠がひとつ、転がっている。

毎年、父と母のために持って来ていた盆灯籠は、いつの日からか私の成長記録として正造が作ってくれるようになった。

だけど今日は――

私は灯籠の柄を摑んで、その地に刺した。そしてスカートのポケットからマッチを取り出して、残っている灯籠のロウソクに点火した。

火が灯る――その姿は、ちょうど正造が立って空を仰いでいる姿と同じだった。

彼と同じ身長の灯籠が、凜と伸びていた。

死んでから初めて生きたのだと、そう言った青年。

今日はあなたに捧げたい。

いくつ歳を重ねようと、何が私たちを隔てようと……

「お盆ぐらいは帰ってきんさいよ」

私は、静かにそう言った。

山深く、緑萌ゆる、ここはあなたと初めて出会った場所でした。

どうしようもない田舎で、緑しかないのだと、そう言ってしまえば終わってしまうようなこの場所を、あなたはただ、ただ切なそうに見つめて、綺麗だ。と、そう言ってくれました。郷愁にも似たその羨望を、今も強く刻まれた胸の中からは追い出すことはできないのです。

こんなにも世界が美しく煌《きら》めいていたことを教えてくれたあなたを、私は忘れることはないでしょう。

あの頃は目の前が真っ暗で、何をしていても、何を見ても色褪せていた世界を、私を。

救ってくれたあなたを——

私が忘れることはないのです。

第二話　「ララバイ」

その昔、安芸国の城主の母親が亡くなった。
城主はたいそう嘆き、亡くなった母親の墓に盆灯籠を立て、供養した。
そしてそれが安芸門徒に広がり、広島の風習になった。
城主が供えたのは白い灯籠。
庶民が真似るにはおそれ多く、白は初盆の時にだけ許される特別な色になった。

それが、始まり。

1

赴任先の地は慣れ親しんだ場所だった。

新幹線から降りると、在来線に乗り換えて、最寄り駅に着いた。

私がここに住んでいた頃にはまだなかった球場や自動改札が刻の隔たりを感じさせた。

しかし、一度その地に足を踏み入れると、郷土の匂いが鼻腔をくすぐって懐かしい思いが胸に充満した。

駅前を抜けて川にかかる橋を歩いた。川原には小学生が何人か楽しそうに遊んでいて、自分もよく河川敷で遊んでいたなぁと昔を思い出した。

川面にひょっこりと頭を出している石の上を渡り歩いたり、釣りの最中、川に落ちて溺れかけたり、誰かと川辺を歩いたり……戻りたくなるような懐かしい記憶……。

それを振り切ってタコ焼き屋の角を曲がった。坂を下って短いトンネルを抜ける。

と、誰かとすれ違った。

黒い髪をさらりと揺らし、セーラー服の少女が過ぎていく。

「……！」

思わず振り返ると、元気に坂を上っていく少女の後ろ姿が見える。角を曲がるときに見えた彼女の横顔に、ほっと胸をなで下ろした。幻ではなく、確かに地に足をつけ駆けていく彼女を見て、……若いなぁと笑ってみた。

気を取り直して進み直す。もう一度だけ道を曲がると、それは見えた。

私の母校――通い慣れた高校の校舎。

町の中では一番大きな敷地にふたつの校舎と、体育館が並んでいる。

先程のセーラー服の少女もここの学生だろう。変わらぬ制服に当時の自分が蘇る。

初々しい姿が懐かしかった。

そんなことを考えながら、新しい校舎の方に足を運んだ。廊下に入ると砂が少し舞っていた。

私は靴を脱がずに土足のまま中を歩き始める。

この学校では昔から上履きに履き替えずに、土足で生活することが自然な決まりごとだった。それが変わっていないことを、砂塵の舞う埃っぽい空気が教えてくれたのだ。

上履きがないのだから、『下駄箱のラヴレター』なんてうちの学校では幻想に過ぎなかった。まぁ、あったとしても煩わしい出来事が増えていただけに違いない。

一階にある事務室に寄って学校に入る許可を得てから、隣の教務員室を覗いた。

教務員室は二、三人教員と思われる人間が机に向かっているだけで、校内と同じように閑散としていた。時期を鑑みれば当然だった。

一学期も終わった夏休み、盆の日に私は帰郷を果たした。


教務員室で挨拶を一通り終えた後、私は屋上へと向かった。

白いワイシャツに灰色のスーツ。休みとはいえ初対面になるであろう相手にラフな格好では臨めなかった。暑苦しい首元を少しだけ緩めて、シングルカットのスラックスのポケットに手を入れた。「チャリッ」という金属音とともにそれを取り出す。銀色の鍵だった。学生時代にちょろまかした屋上の鍵。それをドアノブの鍵穴に差して回した。

――ガチャリと音が鳴る。

「変わってない」

扉を開けて屋上に出て、辺りを見回した。相変わらず山々に囲まれたこの場所が心地良く目に映る。錆びついた手すりに手をかけて、物思いに耽《ふけ》った。

この夏休みが終わると、私は二学期からこの学校で代理教員として働くことになっていた。教員免許を取ってからずっとこの地への赴任を希望していた。それが突然叶ったのだ。しかもこの時期に上手く帰省することが出来た。運命というものがあるのなら信じても良い。

私は夏の空気を感じて目を閉じた。

その時、屋上にゴウッと強い風が吹きつけた。

「清水――」

突然誰かに名前を呼ばれた。

風に消されて最後のほうは聞き取れなかった。けれど、それは確かに自分の名前だった。この場所で自分の名前を呼ばれたことに鳥肌がたった。まるで時が止まっているかのようなそんな錯覚――それはそんなおかしなことではないと、私は知っている。

もしかしたらあの日に戻れるのかもしれない。自分の過ちをやり直せるのかもしれない。

彼女に――謝れるかもしれない。

そう思って、私は振り向いた。

「清水先輩！」

見覚えがあった。

綺麗に伸びた長い髪は記憶にないが、その満面の笑みに懐古する。清涼感のある白いブラウスに黒いスカートを穿いた、教師というよりも学校の事務員然とした女性が笑顔でこちらに走り寄ってきた。

「――ショーコ！」

記憶が蘇るよりも先に、私の口がその名を呼んだ。

「ショーコ！　ショーコじゃないか！」

「先輩！　覚えとってくれたん？」

「今思い出した！」

「ひっどー」

そう言って破顔するショーコを見て、懐かしい想いが胸を駆けた。

いつも屋上の塔屋の後ろに隠れるように座っていたショーコ。体を屈めて、まるでかくれんぼをしているような座り方で、私がショーコを見つけると、本当に嬉しそうに振り向いた。

「へへへ、見つかっちゃった」

悪戯っ子のような笑みが印象的で……そういえばショーコと最初にここで会った時も、彼女はそう言ったのだった。


「……あんた誰？　こんなとこで何を……？」

まだ高校生だった私は、立ち入り禁止の屋上を秘密のねぐらとしてしばしば利用していた。そして太陽がギラギラと光る夏の日、私はショーコを見つけたのだった。

セーラー服から少し見えているお腹と短いスカート、太腿まで伸びたサイハイソックス。絶対領域をちらつかせた短い髪の少女が、さも当然といった表情で、悪びれることもなく言い放つ。

「何って、盗み聞きに決まっとるじゃろ」

「は？」

そうだ。ショーコは出会ったときからふざけたやつだった。

「先輩……清水先輩じゃろ？」

「なんで名前――」

「かーっくいい先輩がおるって噂が噂を呼んで、尾ひれと背びれ、ついでに胸びれもついて、噂が一人歩きしとるけぇ」

「なんだそれ？」

「んー、ハーフでミステリアスでイケメンの、クールでジーニアスなパーフェクトボーイ」

「は？」

「あれ？　全部横文字でまとめてみたんじゃけど凄くない？　拍手は？」

「…………」

イケメンは横文字なのか？

まともに相手にするだけこっちが疲れそうだ。それがショーコの第一印象。

まぁ噂の真偽については怪しいものもあるが、自分の容姿を思えば、見た目で寄ってくる女性が大半だったのは事実だろう。身長が高く、色素の薄い髪、ハーフと間違われることもしばしばあった。実際にクウォーターと公言していたし、あながち間違いでもないのだけれど。

「うちの名前はショーコ。よろしく」

それから何だかんだと懐かれて、屋上に行く度にショーコと何気ない会話を交わした。

——そうか。《屋上》は哀しい想い出だけが詰まった場所ではなかった。

「せーんぱい。暗い顔してから〜。眉間に、こう、皺寄せよったら幸せ逃げるよ」

家のことや想いを寄せていた女の子のことで悩み、屋上に逃げていたあの頃、

「嫌いな人っておる?」

ショーコはいつものようにパーソナルスペースを感じさせない笑顔で私に訊いた。

「お前はまた……。いっつもいきなりだな。まぁいいけど。嫌いなやつ?」

「いるじゃろ一人くらい。誰?」

「んー? 体育の長谷川とか……」

「あー、評判悪いよねー。分かる。分かる。この間もさ『なんだぁ、その短いスカートは?』ってにやにやしながら服装検査しとってさー。裾とか摘《つま》むんよ! したらさ、こーんな短いスカートじゃろ?」

誰も頼んでいないのにショーコは自らのスカートの裾に手を掛けて、勝手に実演を始

める。

「裾を摘まれてさぁ、こ～んな風に持ち上げたら、ほら、すぐパン――」

「やめい！」

ビシッ！　っと、スカートをたくし上げて真っ白い太腿を晒すショーコの手を払い除けた。

「お前は何がしたいんじゃ！」

「先輩としゃべりたい！」

「しゃべっとるじゃろ！」

「あぁ、大満足なんじゃけど！　何か？」

「――ハァ」

溜息というか、感嘆というか、なんとも形容し難いそんな声が口から洩れた。

「それだ！」

「……どれ？」

「溜息！　幸せ、逃げるよ？」

誰が吐かせたんだ？　誰が？　あきれて言葉にもならない。

「逃げた幸せは、嫌いだと思ってる人のとこに行くんよ」

ショーコはまた奇天烈なことを言い出した。

「先輩が溜息つく度に、長谷川がどんどんどんどん幸せになっていって、女子のスカート捲《めく》ってウハウハしとるやつが、今度は体操着とか盗み出してモフモフしよったら、先輩責任取れるんね？」

「モフモフって……」

「いーい！　先輩が溜息つくたびに罪のない乙女たちが不幸になってくって。覚えときんさいよ！」

そんな身に覚えのないことを覚えさせる前に、自分が正しい日本語を覚え直せ、と突っ込んでやりたかったが、会心の笑みを浮かべて、ビシィ！　と人差し指を突き出してポーズを決めているショーコを見ていると、
なんだか——

「おまえって……」

「ん？」

可笑しかった。

「変なやつ。は、ははは、あははははは……！」

「先輩？　なに笑いよるん⁉」

そう、楽しい想い出もこの屋上にはあったのだ。


「――なんでここに？」

私は髪の伸びたショーコを見つめて訊いた。まさかもう一度この場に居合わせるとは、夢にも思っていなかった。

「先輩はね、必ずここに戻ってくるって分かっとったけぇ」

「なっ……、適当なこと言うなよ」

「現に、戻ってきたじゃん」

「……」

「適当じゃないよ」

それからショーコは変わらない笑顔でこう言った。

「愛のパワーよ！」

「変わってないな、お前はほんと……」

「先輩だって変わってないじゃん」

私が？　しゃべり方も外見もあの頃よりも随分柔らかくなったはずだった。だから、

「変わったよ……」

そう反論した。

でもショーコは、

「全然変わってない。いつまで経ってもここに、この場所に囚われたまま。ちーっとも変わっとらん！」

少しだけ怒りながらそう言うのだった。

囚われたまま？　そうか、上手いことを言う。

この感情をなんて表せばいいか分からなかった。

〝囚われている〟

確かにそうなのかもしれなかった。私の心は彼女に——

高校三年生の夏、灯の灯籠を盗んだのは私だった。

私は確かな悪意を持って、それを手にしたのだ。
竹の冷たい感触が掌に伝わって、それを握った。
それが彼女の心を踏みにじることになるのは容易に想像できた。
そして、
灯が傷付くことも、私は分かっていたよ。

Down by the river, the old log hut stands
Where Mamma and Daddy once dwelt
And the old oak latch that was worn by the hands
And the church where in prayer they knelt

川のほとりの丸木小屋
ママとパパがいたところ
そしてすり切れ果てた樫の錠
祈りを捧げた教会も

Time and its rapid remorseless plan
Has furrowed our brows with care
And the icy touch of its withered hand
Has slivered our locks of hair

時の無慈悲な歩み
額にじっくりしわ刻む
冷たくしおれた手
細くなった髪の毛よ

Row, row, row your boat
Gently down the stream
For all that is past is over, you know
And the future is but a dream

ボートを漕ごう
そっと流れに乗って
過ぎし昔は帰りこぬ
これからあるのは夢ばかり

——"Row, row, row your boat"

2

俺が〝彼女〟に出逢ったのは高校の入学式の日だった。

二人は出逢い、その日、入学式をボイコットすることになる――「君と俺とで二人だけの入学式を挙げないかい？」と彼女を攫い、「いいわよあなたとならどこまでも。今日という日を記念日に」「あぁ一生忘れない日にしよう」と愛を誓い合う。そして二人は見つめ合いお互いを理解する。「とりあえずは当面の生活費を稼ぐために……」「銀行強盗！」かくして意気投合した二人は、いつの間にか荒野の砂漠を馬で駆けてデートするのだった。それは愛の逃避行という名の駆け落ち――そんなクソつまらない青春映画を深夜に放送していて、なぜか最後まで見てしまった。

そのせいで、ただ単純に遅刻した俺は、学校に行く道すがら家でのことを思い返していた。

家《うち》から通う高校は、かなり近い場所にあって早起きする必要はなかった。けれど、その日起床したのは九時半――学校に登校する時間だった。十時から式が始まる。急げば間に合うかもしれなかったが、そんな気は起きなかった。

暫くボーっとしてから、用意していた新品の制服にノロノロと袖を通した。新しい物特有の匂いが広がった。しかしこれから始まる新生活に夢を膨らませることや、期待に目を輝かせることはない。前日に用意しておいた、提出する予定の雑巾や必要書類を鞄に詰め、肩にかけて部屋を出た。

「――!」

すると意外な人物が廊下に佇んでいた。

特徴のある猫背に、最近薄くなってきた頭髪。少し白髪の交じった口髭を生やした中年男性――父親だった。いつもならもう病院に行ってるはずの時間だった。いったい何を? そう思って父親の視線の先を探ると、壁にかけてある写真に行き着いた。

吐きかけた息を呑みこんでしまう。

父の顔は少し白んでいて、普段の血気盛んな表情が抜け落ちていた。まるで別人のような顔だった。

「──父さん！」

思わず出した声は少し上ずっていた。

父は振り向いて、

「おはよう」

深みのある声を響かせた。

「今日から高校生か……」

俺に問うているのか、独り言なのか分からないくらいの呟きに、「あぁ」と返事だけはしておいた。

「ちゃんと挨拶してから行きなさい」

父はその対象人物を顎でしゃくってから、目の前にある階段をゆっくり下りていった。

俺はよたよたと〝それ〟に吸い寄せられるように近付いて、

「……行ってきます」

彼女に挨拶をした。父は〝誰〟とは言わなかった。普通に考えたら〝ご先祖様〟にと取れる言い方だった。だけど俺は〝彼女〟に挨拶をした。隣に座っている威厳のありそうな顔をした祖父ではなく、一点の曇りもなく輝く王女のような──写真の中の祖母に。

父が捉えていたのはこちらだと、あの眼差しの行方には確信があった。写真の中の祖母と視線がぶつかる。どきりとした——

俺は学校に着くと、予《あらかじ》め通知がきていたクラスに直行した。

まだ式の途中なのだろう、校内は水を打ったように静まり返っていた。

一年生の教室は一番上の四階で、年次毎に階下になっていくのだった。どうせ式にはもう出ないつもりだったから、ゆっくりと階段を上っていった。これをこれから毎日繰り返すのかと思うと頭が痛くなってくる——そんな段数を上り終え、四階へと辿り着いた。

階段のすぐ隣に位置している一組が自分のクラスだった。扉を開けて中に入る。

「——あ」

誰もいないはずの教室に先客がいた。黒い長袖のセーラー服を着た、おかっぱの少女。日本人形のような可憐さがその少女には溢れていた。

窓際に座った彼女の体は、光に反射して眩しく煌《きら》めいていた。

「……あなたも遅刻？」

「そう」

彼女の質問に無愛想な返事をして、廊下側の席に陣取った。敢えて一番端の席に座って〝話しかけるな〟オーラを全開に振り撒いた。

シンとした教室に二人だけ。その時間は止まったように空気が張り詰めていた。

なんでよりによってこの教室に？　その余計な存在に苛立ち、いつの間にか俺の脚は小刻みに揺れて床を震わせていた。面倒くさい。関わりたくない。

しかしそれは彼女も同じようで、それ以上話しかけてはこなかった。

「……」

「……」

少しだけ似ている空気感。それは次第に張り詰めていた空気を和らげて、居心地の悪い場所を、得も言われぬ一体感の漂う不思議な空間へと変貌させていった。

沈黙だけがその場を占める。

カチッカチッ……と黒板の上にかかっている時計の音だけが耳に届いていた。

と。

「……入学式出そこねちゃった」

先にそれを破ったのは彼女のほうだった。そりゃそうだろ。そう思った。だけど無視をするほど冷たい気持ちにもなれなかった。

「あんたはなんでここに？」

「人の多いとこあんま好きじゃないけぇ、わざと遅刻。あなたは？」

「ただの寝坊」

ちぐはぐな会話。

「初日に大胆じゃね」

「式に出る気分でもなかったし」

敢えて訂正はしなかった。

「じゃあ私と一緒だ」

そうやって微笑む彼女に、『違うよ』とも言わなかった。

窓際の彼女は真っ直ぐに伸びた髪の毛を肩で切り揃えていて、烏の濡れ羽色のような黒髪に瑞々しい健康的な赤い唇。ツンとした鼻に優しそうな頬笑みが映えていた。しかし彼女を言い表すには、まだ何か足りない。

「この窓からも山が見えるんじゃ……」

彼女は俺の存在を忘れているかのように窓に向かって独りごちた。

「ここの上の方がもっと良く見えそうじゃけどね」

「──本当？」

俺の言葉に彼女は過剰に反応して振り向いた。

そう、この瞳だ。

彼女を表す──印象付けるもの。

それは燃えるようなその瞳。

優しい笑みを打ち消す、黒炎のように燃えさかる強い眼差し。

触れれば火傷する。その双眸を彼女は俺に焼き付けた。

「あ！　私、灯って言うんよ。宜しくね」

「……清水。よろしく」

心臓が痛みだす。

本当は『よろしく』なんて全然する気もなかったのに、全身が気押されて口が勝手に挨拶していた。拒否することができなかった。

……だってその瞳は写真の中の祖母の〝ソレ〟と同じだったから。

暫くして教室の外ではステレオのスイッチが突然入ったようにざわめきが訪れた。入学式が終わって、体育館に閉じ込められていた生徒たちがこちらに流れてくるのが分かった。

俺はその音に気を取られて廊下を見やった。そして振り向き直すと、いつの間にか灯は消えていて、その日教室に、彼女はもう戻ってこなかった。

***

家に帰ると、誰もいない屋内が俺を出迎えた。

両親は隣の病院で働いていて、小さい弟は自分と同じように四月から幼稚園に通っていて家にはいない。とはいえ、これまでも弟は病院内の託児所に預けられていたので、今までとなんら変わりはなかった。

自分の部屋に行くために階段を上る。ギシギシ……と悲鳴を上げる、伝統的と言って良い古びた階段。この家の調度品も内装も同じように古臭かったけれど、俺はそれを気に入っていて、自分の外見のことは忘れて、この木の匂いにホッとさせられていた。

階段を上りきると、写真がところ狭しと並べて飾られている廊下に出る。その中の一枚、異国の女性がこちらを向いて笑っていた——にもかかわらず、強く切り裂くような、とうとうと揺らぐことのない意志を宿した鮮やかな碧眼に吸い込まれそうになる。祖母は、北の地方に降る新雪のような白い肌をした、利発で美しい女性だった。

そしてその隣には、平々凡々と日本男児然とした祖父が椅子にどっしりと座っていた。見るからに不釣り合いな二人の馴れ初めや、どういった人となりだったのかさえ俺は知らない——ただし祖父に関しては、生前どれほど凄い活躍をしたとか、どんなに英傑な人物だったとかは、耳にタコができるくらい教えられていた。俺が生まれた時に既に亡くなっていたけれど、数々の功績を残した素晴らしい人だったのだろう。

俺が何も知らないのは祖母のことだ。祖母は俺が二歳の時に亡くなった。小さ過ぎて朧気《おぼろげ》な記憶さえも残っていない。誰かに祖母のことを訊こうと思ってこの話題に言及すると、皆、苦虫を嚙み潰したように嫌な顔を向け、貝のように殊更《ことさら》口を固く閉じるだけだった。

写真でさえ、若き日の父が撮ったのだという、祖父と一緒のこの一枚しか残っていない。

祖母のことは話さないのがこの家のルールだった。

「ぅわぁぁあああああん！」

突然上げられた金切り声が辺りの空気をつんざいた。

いったいどうしたことかと、その声がする方向へ足が向った。

「あっくん、大丈夫。お母さん隣で一緒に寝てるから、ほら、ね、安心」

するとすぐにすべてを包み込むような優しい女性の声が、

——ねんねーんころりーや、おころーりやー

と子守唄を歌い始めた。

扉を少しだけ開けて中を覗くと、弟の陽人《あきと》が布団に入って寝ていた。そしてその隣には、陽人を慈しむように、ポンポンと背中を叩いて歌っている聖母のような女性がいた。

それは慈愛に満ちたとても美しい光景だった。

背を撫でる手に温かなものが感じられた。

〝愛している〟というのは、こういうことをいうのだろう。

彼女は扉の後ろに立っている俺に気付くと、より一層朗らかな微笑みをこちらに投げかけて、そのふっくらとした唇に人差し指を押し当てた。

その笑顔に――心が疲弊する。

彼女は陽人が寝入ったのを確認すると、

「お帰り、お兄ちゃん」

俺をそう呼んだ。

「今日ね、あっくんの幼稚園お休みの日だったの。うっかりしてて、急だったから預けられなくて、私まで休んじゃった」

ふふふと話す顔が幸せそうで、胸が締め付けられた。彼女は目鼻立ちのくっきりとした美人で、ウェービーなブラウンの髪の毛が緩やかに流れていた。

少しおっとりとしているが優しい女性だった。最近、三十代の後半に差しかかって、目尻や口元に落ちないシミと皺ができたと嘆いていたが、俺から見れば十分綺麗で、近所でも評判の奥方だった。

「でね、眠くなったから……一緒に寝てて……ふわぁあ」

大口を開けて欠伸《あくび》をする。年齢より若く見えるのは外見だけじゃなく、このスキだらけな仕種も十分そうなんだろう。布団の上で捲れ上がって、中身が丸見えになってしまっているスカートや、よれて肩甲骨までずり下がっている薄手のセーターとか、もう少し気にしていたら何か違っていたのかもしれない。

「でも起きなきゃ〜。洗濯物しなきゃいけな——」

「いいよ、俺がしとくけぇ。もうちょっと寝ときんさい」

俺がそう申し出ると、

「お兄ちゃん！　いいの？」

と薄茶色をした目を輝かせて訊いてくる。この人に『お兄ちゃん』と呼ばれると犯罪めいた気持ちになるのは何故だろう……。そんな失礼なことを思いつつも、

「あぁ、夕飯準備時には起こすよ——」

彼女を見て、

「母さん」

そう言って俺はその部屋を後にした。

頼まれた洗濯物を片づける前に、自分の部屋に着替えにいく。

学ランと学校指定の詰襟をベッドの上に脱ぎ捨てた。

祖母が異国の血で、母がハーフ、俺がクウォーター。何もおかしなことはない。ただ母よりも俺のほうが色素が薄くて先祖返りしているだけだ。

脱いだズボンも乱暴に床に投げ捨てた。

『お母さん隣で一緒に寝てるから、ほら、ね、安心』

ただ、あんな台詞、自分には一度も投げかけられたことはない。それだけのことだ。

家着用のパーカーを頭から被って手を出した。下はそこら辺にあったジャージを穿いた。

くそっ！

ドタドタと階段を下りて洗濯室にいった。由緒ある家には似合いもしない、ドラム式の洗濯機。まさかタライで洗うわけにもいかないので、文句をつけてもしょうがない。

せめて格式を守るためにと、檜の風呂を構える風呂場の脱衣所とは分けて、洗濯室があつらわれていた。

洗濯機の丸い扉を開けて、籠に入っている洗濯物をポイポイと放り込んでいく。

――その中に、母が陽人のために繕った手作りの服が混ざっていた。

俺は……込み上げてくる感情を抑えきれずに嗚咽した。

「……くそっ！」

理由なんて分からない。

物心ついた時から家に一人で留守番させられていて、いつも独りだった。

ご飯は用意されていたし、必要なものは買い与えられた。

自由というよりも、放牧されていた。

広い家は俺のすべてで、この世界に取り残された孤児だった。世界は俺には無関心で、酷いことをされない代わりに触れられることもなかった。

寂しくて泣いた涙の痕は、干からびて、粉になって散っていった。

愛して欲しいと思っていた。だからできる限り負担にならないように、一人でできることはなんでもした。

褒めて欲しいと思っていた。だから勉強もスポーツも頑張った。

だけど母は、留守番しているあいだに、せめてもと思って洗った皿を、何事もなかったかのようにもう一度洗い直していた。

学区内ではトップの中学校に入った俺に、「はい、制服代」と微笑んでお金をくれた。

些細な、とても些細な積み重ね。

熱が出た夜は医者を呼んでくれた。思い出すのは——薬の苦い味と先生のごつい手の感触。

授業参観の日は、誰よりも綺麗な母が誇らしかった。役員も積極的に引き受けていて、その姿は正しく——町で評判の『大病院の妻』だった。

優しくはない、けれど冷たくもない。

好かれてはいない、けれど嫌われてもいない。

言葉にするなら、ただ〝興味がない〟だけだった。

誰かが言った。『愛情』の反対は『無関心』なのだと。

俺は母にとって、憎しみの感情をぶつける対象にもなりえなかった。

たとえ母に口汚く罵られても、詰《なじ》られても、憎まれたとしても、俺はそれだけで幸せだったというのに。

いつしか期待するのをやめて、愛されない理由を探すことも諦めて、この生活に折り合いをつけた。

寂しいのにも慣れて、それが普通になっていた。

だけど、母は変わった。

陽人が生まれて母は俺に優しくなった。

温かい眼差しを向けてくれる。柔らかい笑顔をくれる。思いやりのある言葉をかけてくれる。頼りにしてくれる。その目に俺を映してくれる。

そして俺はもっと――寂しくなったんだ。

陽人がいるから優しい母さん。

陽人がいるから微笑む母さん。

陽人を慈しむ手。俺はあの手にぎゅっと抱き締められたことがない。

『あっくん』と呼ぶ母の声。俺は『お兄ちゃん』になる前に、なんて呼ばれていたかさえも覚えてないよ。

洗濯機に洗剤を入れてピッとボタンを押した。がこんがこんと水が出ながら回っていく。

それを見ながら暗くなっていく自分の心に付け足した。

だけどひとつだけ――

小さい頃に子守唄で寝かしつけられた記憶だけはあって、

それは宝物みたいに残って……

――ねんねーんころりーや、おころーりやー

陽人に歌われた子守唄を思い出す。

母さんの歌声。

俺だって！　俺だって同じように！　おれだって……オレダッテオレダッテ……！

小さい頃の記憶を辿る。

「……っ」

時間というもやが邪魔をして、俺は自分に歌われた子守唄の歌詞やメロディがどんなものだったのか、はっきりと思い出せなかった。だけどその雰囲気だけは覚えて――

「……!?」

そして気付く。

陽人に歌われたその歌に――懐かしさを感じない。

ちっとも心が震えない。

なんで？　どうして？　歌ってもらった記憶はあるのに、何かが違う。

胸のざわめきがそう告げていた。

バシャバシャと回り続ける水の前で、拭いようのない疑心が溢れてきて、俺はそれに溺れそうになった。

＊＊＊

退屈な学校生活の中で、『ウォーリーをさがせ！』と同じ気持ちであんたを見つけていたなんて知ったら怒るだろうか？

春が過ぎ、夏が来て、灯が教室にいる頻度は目に見えて少なくなっていた。

ある時は特別教室に、ある時は図書室に、人があまりいない時間、場所に彼女を見つけた。人の多さを嫌っていた。人を、嫌っていた。

そして彼女を見つけた屋上で――

「群れからはみ出たのは小学校の頃からかな。もう慣れとるけぇ。私ね、人の波に流されてその奔流に呑み込まれて、いつの間にか自分が自分でなくなっていく気がしたんよ。それが輪に入るってことだったんかもしれんけど。私にはそれができんかった。何人もの人が通り過ぎても、誰も、自分さえも私を見んで、無視して、それでも良いって。自分もいないことにしちゃえば哀しくないって、そう思った。じゃけど、こんな私にも見てほしい人がおるって気付いたんじゃ……」

彼女の気持ちを聞いた。

彼女の澄んだ目は遠くを見ていて、まるでここにはいないようだった。

その姿を見て悼む俺の心は『寂しい』——と告げているのだろうか？　その声に耳を傾ける気はなかった。確かめなくても分かる気がしたのだ。

「清水クンは、なんで私なんかと話してくれるん？　余計クラスから浮くよ？」

「あんたに言われたくないわ」

そう言って少しだけ笑った。

灯も「そうじゃった」って言って笑い返してくれた。

なんで——も何も、理由などありはしない。

ただ彼女のいない空間に彼女を求め、気付けば探していた。

その赤い唇を、綺麗な眉を、細い首筋を、頼りなげな細身を、その匂いもその仕草も、全部。一挙手一投足が気になってすべてを追っていた。

誰からも拒絶されて、なお輝く彼女の瞳の強さが俺を惹きつけた。

似ていると思った。けれど違った。

俺がとうの昔に諦めたものを、彼女は強く秘めていた。

「灯、帰ろう……」

灯と一緒に駅のほうに向かって歩いていくと、本当は、俺の家からはどんどん遠ざかって離れていく。しかしそれは言わずに、灯の帰り道に付き添った。

「清水クン家、どこなん?」

と訊かれても、

「嫁にきたら分かるよ」

適当にはぐらかして逃げた。

そんな俺の態度に諦めたのか、それ以上は追及せずに、駅前の川までくると、一度方向転換をした。橋は渡らずに川沿いの道をずっと進んでいく。右は車道で、左が川だった。

河川敷では人々が楽しそうに遊んでいた。子供たちの無邪気な笑い声も高らかに響いていた。

野球の練習をしたり、川で遊んだり、散歩をしている人々。それを横目で見ながら灯と歩いた。

なんとなく穏やかで、時間がゆっくりと過ぎていくような、そんな刻。

この川沿いの道が永遠に延びて、終わりがなくても、歩いていくことに迷いはなかった。

上から見る水面は綺麗で、道沿いに植えられた木々も元気よく風に揺られてしなっていた。

「あそこに生えとるのっておなご竹かねぇ？」

隣を歩く灯が珍しいものに興味を示していた。川辺に生えている竹の種類が気になるのだろうか？

「どうじゃろう」

「そうだといいなぁ……」

「とも――」

灯の名前を呼ぼうとした、その時だった。『カキーン』という音とともに、何かがこちらに向かって飛んできた。

それは川側を歩いていた灯の側頭部に向かって放物線を描いているようだった。

「危ないっ！」

――あ。すぐに気付く。庇《かば》う必要などなかったはずだ。

咄嗟に出した俺の掌にジンジンと痛みが広がった。一瞬の出来事で上手く頭が回らなかった。

気付けば、鋭く飛んできた打球を掌でキャッチしていた。

「清水クン……っ！」

「怪我、ない？」

我ながら馬鹿な物言いだった。

「何言っとん！　それはこっちの台詞よぉ……手、見して、手っ！」

灯はボールから俺の掌を奪った。ポロっとボールがこぼれて下に転がった。

「すみませーん。怪我ないですかー？」

河川敷で野球をしていた少年ののんびりとした声が上がった。

「危ないじゃろー！」

灯が珍しく語気を強めて言葉を発した。

しかし少年は変わらずのゆるさで、

「ボール取ってもらえませんかー？」

と頼むのだった。

カチンときている灯の横で、俺は空いてる手で慌ててボールを拾い、少年に投げた。

「ありがとうございますー」と笑顔で戻っていく少年に、ひらひらと手を振ってやる。

すると、

「赤くなっとる、冷やそう！」

心配する灯が俺の手首を摑んで引っ張った。

「……灯、いいよ」

「え？」

川に下りようとする灯を制して俺は言った。

「どうせこの暑さで生温いだけじゃけー」

「でも――」

「こっちの方が良い」

俺は灯の手を解いて、少し赤くなっている掌で、灯の手を握った。

「冷やくて気持ちいーけぇ」

どうかこのままで。もう暫く、このままでいさせてよ。

「……うん」

この想いが伝わったのか、単に自責の念にかられただけなのか、それは分からなかったけど、灯は止めていた足を動かし始めた。

それからは何も言わず、一緒にこの道の続きを歩いてくれた。


好きになってはいけない相手だと分かっていたのに。

恋してはいけないと知っていたのに……。

あ、と思った時にはもう後には戻れない、そんな場所まできてしまっていた。

そして想いは積もっていく――

＊＊＊

暗い空からひらりと舞う雪がしんしんと降り注ぐ。

それは指の先がかじかむような寒い冬の出来事だった。

家の大きな居間には掘《ほ》り炬燵《ごたつ》が設置してあって暖をとれる。しかし、この場所はいつも一人の女性に占領されていた。

掘り炬燵なのにどうやって寝るんだと思えば、綺麗に膝を折ってL字の形ですやすやと寝入っていた。

「……あっくん……」

と可愛らしく、恋人の名前でも呼ぶように寝言を呟いていた。

髪の毛の絨毯で眠っているかのように、小さな顔を、自らの豊かなブラウンの髪に埋めて、どこぞの姫のような、母親だった。

透き通った白い肌が、部屋の温度に負けて熱を帯びていた。

子供か――むにゃむにゃと唇を動かす母を見てそう思いながら、出ていた肩に炬燵の布団をかけ直してやった。間近で見る母は小さな少女のような女性《ひと》だった。

部屋の中は水蒸気が立ち込めて、シュワシュワと鳴る音が響いていた。炬燵から少し離れた場所に旧式のストーブが置いてあり、その上にやかんが載っているのだ。

「ピィイイイ！」沸騰した水が水蒸気となって噴出し、注ぎ口の笛を鳴らした。

「──な、なにごと？　カ、カ、カーニバル⁉」

自分でかけていたやかんも忘れて跳ね起きる母。どんな祭りだ。

「なんか飲む？　コーヒー淹れようか？」

俺はやかんをひょいと持ち上げて笛の音を止めた。

「──あ。そか、そっか」

母は自分を納得させるように呟いて、目をこすりながらこちらを向いた。

「紅茶が良い～。お砂糖たっぷり～」

まだ寝ている声でリクエスト。

その前に涎《よだれ》を拭いた方が良いですよ。と、俺は心の中で言いながら、「へいへい」と、隣の台所へ紅茶を入れに行った。

簡単に、ティーバッグを直《じか》にカップに入れてお湯を注ぐ。そしてリクエスト通り砂糖を山盛り三杯投入。……毎度のこととはいえ、糖尿病になる前に確実に虫歯コースだな。そう思いつつ、しっかりかき混ぜてから居間まで運んだ。「ほら」と、掘り炬燵に座っている母に差し出す。

母は長めのセーターの袖口から、先だけちょこっと出した指でカップを受け取ると、子猫よろしくちょびちょびっと飲んだ。そして紅茶の湯気にあてられたせいか、鼻をずずっと吸い込んだ。

そしてほっとした顔をして言うのだった。

「お兄ちゃん優しいね……ありがとう」

耳を疑うような台詞を――

「……好きだよ」

えへへ……と、彼女ははにかむようにそう告げた。

初めてだった。

十六年生きてきて、初めて母親に――〝好き〟と言われたのだった。

諦めていたのに、忘れようとしていたのに。

「……なんで？」

何か感じるよりも先に疑問符が、そしてゆっくりと感情が追いついて、

「なんで今なんよっ！」

怒りがこみ上げてきた。拳を爪が食い込むほど握り締めた。

「お、お兄ちゃん？」

「いつもそうだ！　あんたは俺の名前を呼ばない！」

俺は『お兄ちゃん』なんて名前じゃない！

陽人は父と母の名前から取った愛情ある名前で、俺の名前は……何に関係があるのかも分からない。そんな名前が嫌いだった。だけど名前だけじゃなくて、

「あんたは俺の存在さえも否定して、そうやって生きてきたくせに！」

今さら……！

「やめてくれ！」

反吐が出る！

「ずっと俺の気持ちなんて無視してきたくせに！」

これが三年前だったらどんなに、どんなに嬉しかったことか……！

そんなことも知らないくせに！　なんで今になって変わるんだ……！

――あっくん――

さっき母が言った寝言を思い出す。

どうして俺を振り回す？

陽人の兄だから？

そんな理由で、

「――……愛そうとなんてしないで……」

俺は家を飛び出した。

あんな顔した母を初めて見た。ビクッとした表情を浮かべて、哀しそうな顔をしていた。

俺は母を傷付けた。愛して欲しかったけど、傷付けたかったわけじゃない。

ごめん――ごめん、母さん。

でもう、限界なんだよ。

俺は走って、学校に辿り着いた。

冬空の下、上着もなしに外に出て、凍てつく寒さに肌を裂かれなかったのは、無我夢中で走っていたからだった。

冬休みの学校はそぞろ寒く、誰もいない廊下は冷たかった。

走る足は緩めずに、そのまま彼女を探した。

どこだ？　どこにいる？

学校中を駆けた。息が上がって肺を責めた。それでも自分を苛むように必死に走り続けた。

階段を上がって屋上を見回して彼女の姿を探した――いない。

次に教室まで下りて彼女を探した――いない。

図書室、地学室、視聴覚教室、技術室、順々に、部活動には関係ない、人のいなそうな特別教室を回った。

しかし彼女はいなかった。

グラウンドから聞こえる生徒の声だけが遠くに響いて消えていく。

お願いだから、お願いだから……。あんたに逢いたいんだ……！

俺は項垂《うなだ》れて誰もいない廊下に膝を折った。

途端に寒さが感じられて、汗に濡れた薄い衣服が俺の体温を奪っていった。ガチガチと歯の根が震えて、凍えるようだった。

もう無理だ。立てない。そう思って頬を廊下に付けた。このまま溶けて暗い廊下の一部になっても良かった。どうせ家には帰れない……

そう目を瞑った時だった。

――ポーン――ポーン――ポーン――

唐突に、何かが響く。

廊下に付けている耳と頬に、床の振動が伝わってきた。

それは深く柔く何かを弾くような、澄んだ音だった。

はたと気付く。

そういえば校内に音がない。いつもならうるさいくらいの吹奏楽部の練習音がぴたりと止《や》んでいた。もしかしたら練習休みの日だったのかもしれない。

――ポーン――ポーン――ポーン――

そしてそれはもう一度響いた。

じゃあこの音は――誰が出している？

音楽室はちょうど今いる場所から一つ下の教室だった。

ふらふらと、倒れている体を起こして、階段を下りた。

――ポーン――ポーン――ポーン――

という音とともに、

「ロー……ローユア……ト……」

声も微かに洩れ聞こえてきた。

すがるような気持ちだった。

「……リーダウン……リーム……」

その声に誘われるように、音楽室の重い防音扉をゆっくりと開けた。

「メウィリー、メウィリー、メウィリー、メウィリー」

今度ははっきりとその声が耳に入ってくる。

それは――

「ライフ・イズ・バット・ア・ドリーム」

歌だった。

軽快に跳ねる音とともに、その正体が明かされた。

ピアノの前に留まるのは一羽の愛らしいカラス。啄《ついば》むように——一人遊びを楽しむように、たどたどしい指遣いで、人差し指だけ使ってポロン、ポロン、と鍵盤を弾いていた。

もう一度同じ曲を繰り返す。

その音が響く度、震わされる記憶がある。

なんだ……？　どこか懐かしい、この歌。俺は……。

——温かい膝。包み込むような腕。優しい眼差し。その瞳は……

何かを思い出しそうになって、そこで音がピタリと止まった。

「——し、清水クン⁉」

奏者がこちらに気付いて手を止めたのだった。

さらりと流れるおかっぱを耳にかけて、驚いている表情が愛おしかった。

音楽室でピアノを鳴らしていたのは、俺の青い鳥——灯だった。

ようやく逢えた灯を見つめて、俺は願い事をした。

「灯、歌って」

「え？　でも——」

「頼むよ……」

戸惑う灯に俺は懇願した。どうしても確かめなきゃならない、そんな気がしたんだ。

俺の真剣な表情に何かを感じたのか、灯は頷いて、もう一度人差し指で丁寧に弾き始めた。

そのメロディに歌をのせながら……


——Row, row, row your boat——

——Gently down the stream——

——Merrily, merrily, merrily, merrily——

——Life is but a dream——


澄んだ川のように流れる美しい灯の声。

でもこれを聞く度に思い出すのは……違う声。

「もう一度、灯、もう一度……」

灯は文句も言わず、同じようにメロディを弾いてくれた。

「もう一度……！」

何度も何度も同じメロディを繰り返す。

——Row, row, row your boat ——

『ボートを漕ごう』

——Gently down the stream ——

『そっと流れに乗って』

——Merrily, merrily, merrily, merrily ——

『陽気に楽しく』

——Life is but a dream ——

『人生はただの夢』

これを歌っていたのは……。

白くか細い腕に、愛情のこもった眼差し——青い瞳。

「そう……か……」

記憶は忘れても、心が覚えている。

小さい頃、寝かしつけてくれていたのは……。

あの写真の優しい女性。

彼女が俺の……。

「清水クン？　なんで？　なんで泣いとるん？」

「え」

「わ、私のせい？　これ弾いたけぇ？」

わたわたと慌てる灯を見て、自分の目から一滴《ひとしずく》、涙がこぼれていることに気が付いた。

慌ててそれを拭う。

「違う、違うんよ――」

何か弁解しなきゃと思った。灯のせいじゃない。また軽口でも言って誤魔化そうとしたのに、口からはむせぶ声しか出てこなかった。

「ごめっ、灯……」

気付いてないわけではなかった。真実を知るのが恐くて、無意識に隠そうとしていたのかもしれなかった。

でも、もう知る時だ――

写真の中の祖母の瞳は、灯の恋をする瞳と同じだった。同じ熱さで、同じ強さで、それでいて灯の瞳より悲しみがあった。それはカメラの向こうにいる父に送られたものだった。そして父が写真を見る瞳もまた――

母よりも祖母に似ていた俺の顔は、言い換えれば母とは似ていなかった。外国の血が混じっているというだけで母との繋がりを信じて疑わなかった。否、少ない繋がりにしがみ付いていただけだった。

俺がもし祖母の息子なら、すべて説明がつく。

母の気持ちも理解が出来た。彼女は無視をしていたわけじゃなかった。愛そうとしていたけれど、愛せなくて、憎もうとしたけど、憎めなくて……彼女は優しい女性だった。だから……だからこそ悩んで、必死に向き合おうとして……陽人が生まれて、それでようやくふっきれたんだ。

そう思うと十六年間の確執が少しずつ消えて、母に対する感謝が生まれた。

そしてこれからは、柔らかい気持ちで母を見ることができそうだった。

だって。
俺は愛されていないわけではなかった。
灯が歌ってくれた歌——祖母の子守唄がリフレインする。
出生がどうであれ、なんの気持ちもない歌が心に残るなんてありはしない。
今もこの中に残る、この想いがその証拠。
俺の流れる血に、肉に、肌に、細胞に、あなたの愛が生きている。
「……ありがとう」
俺は〝母〟に、そして心配そうに見つめる灯に、精一杯明るい顔で礼を言った。
灯、あんたがいなきゃ俺は知らないままだった。
だからもう認めよう。
俺はあんたが好きで——愛してる。
俺は灯のことが、好きだよ。

Our children have grown and have children of their own
I hear their voices echo still
And the old rocking horse sits quiet on the porch
As we listen to the wishful whippoorwill

子供は大きくなり　子を産んで
彼らの声が響き
古びた木馬はポーチで眠る
ヨタカの声を聞きながら

Tall grass is growing over the master's grave
But the river keeps rolling on
And the birds and the bees from the blossoms and the trees
Keep singing this same old song

主人の墓は草ぼうぼう
川はたゆたい
花や木の鳥や蜂も
同じ古唄歌います

Row, row, row your boat
Gently down the stream
For all that is past is over, you know
And the future is but a dream

ボートを漕ごう
そっと流れに乗って
過ぎし昔は帰りこぬ
これからあるのは夢ばかり

——"Row, row, row your boat"

3

大人になって私は、戸籍謄本を取り寄せた。

あれから家の中は上手く回っていたし、母とも本当の親子になれた気がしていた。だから確かめる必要はなかったのかもしれない。けれど腑に落ちないことがあった。

私は謄本を見て納得する。

祖母が後妻で入ってきていたこと、

父は祖父と前妻の間に生まれた子供だったということが書いてあった。

逆算すると、父はあの頃の私と同じ歳で祖母と出会ったことになる。祖母は歳の離れた祖父の後妻で、若く、あの写真のように綺麗だったのだろう。その時の父の気持ちは想像に難くなかった。そして父は大人になり結婚をして――

「なぁ、ショーコ」

私は屋上で、目の前に佇んでいるショーコに訊いた。

「好きな人にとって自分が、前の恋人とか、好きだった人の代用品って分かったらどうする？」

「はぁ？」

いつもは自分から変な質問をバンバンしてきてたくせに、それが逆になった途端、ショーコは訝《いぶか》しげな顔をして私を仰いだ。

「憎む？　悲しむ？」

それでも続けて訊いてみた。

ずっと考えていた。父が母を選んだわけを。

それが、祖母を忘れられなかった恋心への慰めだったとしたら。

外国人である祖母への恋慕のために選ばれた、ハーフである母はどう思ったのだろうか、と。

最初は知らなかっただろう。

けれど祖父が旅立ち、祖母は未亡人になった。

そして私が生まれた。

浮気が知れて、きっと母は考えたはずだ。

——私は代用品ではないのかと。

「ばっかじゃない？」

ショーコは私の問いに「呆れてものも言えんわ！」と、そう言った。

「怒るし、泣くし、喚くよ！」

そうはっきり言って、「でもね」と付け足した。

「最後は許す」

「……どうして？」

「だって好きじゃもん」

「それだけ？」

「それだけ」

と、ショーコは鷹揚に笑った。

それはいろんなものを吹き飛ばしてくれるような気持ち良い笑顔だった。

難しく考えることなどなかったのかもしれない。

それを後押しするかのように、ショーコはVサインをし、反対の手を腰に当て、足を開いてでーん！　と立った。

「やっぱ最後は愛が勝つ！　代用品でもなんでも、最後までしぶとく戦った人の勝ちじゃろ！」

それを聞いて思わず拍手を送りそうになった。だって私は、それが真実だということを知っているから。

「十年以上粘って、最後まで戦って勝った人を私は知ってるよ」

綻《ほころ》ぶ口元を隠そうともせずに私は言った。

母を思い浮かべて。灯を想い。私は二人に敬意を示した。

〝女は強い〟そう思った。

「それで？　その人らに感化されて先輩も戦いに帰ってきたん？」

ショーコは私を見つめ、唐突に疑問を投げてきた。

何をいきなり。そんなわけないじゃないか、だって――

「いいや、私は逃げたから」

そう懺悔する。

その返答にショーコは心底面倒くさそうな顔をした。

「じゃー先輩は何しに戻ってきたん？」

「何って仕事……」

「仕事なら東京にもあるじゃろ」

「俺は、ただ故郷に戻りたかっただけで――」

私の煮え切らない返答に、ショーコはブルブルと肩を震わせて――とうとう切れた。

「じゃけぇ！　なんで戻りたかったんよ！　それとも何か？　あんたは里帰りするためにキャリア蹴ってこっちに戻ってきたんか？　そんな馬鹿どこにおるんじゃ！　この馬鹿が！　ばーか！　ばーか！　ばーか！」

「ここにおるじゃろーが！」

稚拙で口汚い言葉の猛攻に、思わず声を上げてしまった。あ、と思う暇もなく売り言葉に買い言葉。言葉が勝手に口をつく。

「あぁ馬鹿だよ……大馬鹿なんだよ、俺は！　ただ謝りたくて……謝りたかっただけなんだよ！　あいつに、ずっと謝りたくて、ずっと逃げてきたんだ！　だけどもう無理なんだよ！　限界なんじゃ！　俺だって、俺だって前に進みたいんよ！　顔上げて真っ直ぐ前が見たいんよ！　ただ――逢いたいだけなんじゃ！」

「よーやく本音言った」

「……！」

コロリと態度を豹変させてショーコが笑う。

「先輩いじっぱりじゃけー、疲れるわぁ」

「あのなっ――」

「そんなとこが好きじゃけど」

ストレートな物言いに、言葉が詰まる。だけど私は……昔からショーコのこういうところが嫌いじゃなかった。

自分が正反対に生きてきたからだろうか。

「あ、ぐっときた？」

「くるか！」

いつもふざけて、くるくる変わる表情が季節のようで見ていて飽きなかった。特別美人というわけではなかった。けど、思わず目を瞠《みは》ってしまう笑顔が凄く魅力的で、『可愛い』という表現がとても良く似合う――というのが私の見解だった。

それを言ってしまうと、調子に乗って地の果てまで飛んで行きかねないショーコには、絶対に秘密だったけど。

「ショーコ」

「ん？」

「ありがとう……」

側にいると、自分まで素直になれそうな気になるよ。

そう、私は灯に謝りたかった。

＊＊＊

「ねぇアイツさぁ、どんな顔するかねぇ？」

「さぁねぇ、でも気付いたらすっごい顔するんじゃない？」

「うっわ、楽しみ～」

「さっきもさぁ、『何、学校に持ってきとんじゃー！』って長谷川に見つからんかドキドキしたわ」

「まぁ上手くいったし、後はアイツが気付けば……」

「じゃねー」

二階の女子トイレの前を通った時だった。デカい声で『ギャハハ』と聞こえてくる。

女子ってやつぁ、と思いながら俺は通り過ぎた。そして自分のクラスに辿り着く。

中に入って自分の机に掛けていた鞄を取り上げた。鶯色の開閉部分に二本のベルトが付いたシンプルなリュック。ベルトの裏には磁石が付いており、楽に開け閉めが出来るところがこのリュックの利点だった。

俺は帰り支度をしようと蓋を開けて——そして気付く。

「なんだこれ」

リュックの中に入っていた、プレゼント箱。

赤い包装紙に白いリボンが十字にかけてあった。

それを見て思い出した。今日は俺の十八回目の誕生日だった。

『ねぇアイツさぁ、どんな顔するかねぇ?』

先程トイレから漏れ聞こえてきた女子たちの会話。

「どんなって——」

俺はそのプレゼントを持って、教室の隅まで歩いた。そしてそのまま、手の中にあるそれをそっと下に放るように落とした。――ゴミ箱の中へ。

中には消しカスや、いらなくなったプリント類、何故か汚れた靴下も片方見えていた。夏休みに入って放置されたゴミの中に〝それ〟は混ざって、ゴミになった。

「こんな顔だよ」

多分、感慨も何もない。無表情にも近い能面のような、そんな顔。誰かがこの場にいたらそう評したことだろう。

――家庭での確執が消え。

だけど俺の心には、まだ別の焦燥感が渦巻いていた。

届くことのない不毛な想い。

近くにいるはずなのに、どうすることもできないもどかしい感情。

それが湖面に投げ込まれた石のように……俺の心を波立たせ、苛立たせている。

世界が気怠《けだる》く見えていた。規律の厳しい学校の中で色素の薄い髪の毛は浮いていたし、同時に好奇の対象にもなっていた。クラスメイトは避けるか、この容姿に惹かれてさっきのようなことになるかのどちらかだった。

彼女たちは俺に、熱のこもった瞳を向ける。

……俺のことなんて何も知らないくせに。惚れた腫れただなんて、馬鹿馬鹿しい。

そんな感情、信じる気にもなれなかった。

誰かを好きになるということの〝本当〟を、俺は知っていた。だから、〝好き〟という瞳は、そんな簡単なものじゃなくて、それは……

彼女のような——。

振り向くと、そこには赤・青・緑・黄色・紫・水色の六色に彩られた盆灯籠が、誰かの机に立てかけられていた。

「！」

少し煌《きら》めいていて——誰の物かなんて確かめなくても分かる。

ドクン——強い衝動——その衝動に駆られて灯籠に手を伸ばした。堅くて、冷たい、そんな感触が掌に伝わった。

そしてそれを掴むと、そのまま教室から外に飛び出した。

多分、これがなくなると灯は必死に探すだろう。そして見つからなくて、もしかしたら泣くかもしれない。傷付いて落ち込むかもしれない。これが大切なものであればあるほど、その傷は深いものになるだろう。

——それで良い。

頭に血が上っていたけれど、どこかで俺は冷静だった。そのまま地を蹴って、あっという間に屋上に上がっていた。

彼女の灯籠を盗んで、そして俺は逃げたのだった。

「せーんぱい。なんか面白そうなの持っとるね」

ギクリとして振り向いた。ここに居る人物なんて、二人しか知らない。ただ、『先輩』と呼ぶのは一人だけ。

「またお前か……」

前髪と頭のてっぺんを一緒に括ったゴムについている、苺柄のキューブ飾りがゆらゆら揺れていた。女子高生らしくお洒落にアレンジした髪型がとても似合っている、セーラー服の女の子。青い空を従えて、フザけた笑みを浮かべたショーコを見据えてそう言った。

するとショーコは、ちょっとだけむっとした表情を浮かべて、

「また、とはなんねぇ！　またとは！　……あ、そうか！　また会えて嬉しいの『ま

た』か。なら、ゆるーす！」

へへーんと、腰を反らして腕を組んだ。

俺は相変わらずのショーコの態度に何故かホッとしていた。それは、後ろめたい気持ちを、ショーコで紛らわせることが出来る気がしたからなのかもしれない。

中庭が見える側の柵に歩いていき、そこに背中を預けた。そして少しだけ思案する。

よく考えれば下級生ということ以外、ショーコのことは何も知らなかった。……あまり知りたくなかったっていうのが本音だったけれど。

「お前、いっつもここで何しよん？」

「えー、先輩のこと考えたり、想ったり、妄想したり？」

ほら、これだ。この場所以外でかかわりたくない最たる理由。しかも、最後の『妄想』だけはやめてくれ。……なんかショーコの妄想はえげつなさそうで恐かった。

「他に！」

「ほかー？　うーん、なんだろね？」

「お前、夏しかいないじゃん」

「だって冬は寒いもん」

「夏は暑いじゃろーが」

「いいんよ、好きじゃけぇ」

その潔い言い方に、〝恋愛と一緒だな〟と思ったのは、ショーコの影響だろうか。

自分でも笑ってしまうぐらい短絡的だったけど。悪くはない。

屋上は風が強く吹いていて、暑さで噴き出た汗を飛ばしてくれていた。けれど体にこもった熱までは奪えない。――そういう夏が、好きなのだろうか。

ショーコを見ると、何故かまじまじとこちらを見ていた。

「とゆーか、それ先輩のじゃないじゃろ?」

「……」

何が、『とゆーか』なのかはおいといても、ショーコは妙なとこに勘が良かった。

俺が持っている灯籠を指して、何故かニヤニヤと……。

「好きな人のじゃろー」

そう言った。ほんとに、妙！　なとこに勘が良いな！　……たくっ。

「好きな〝人〟ねぇ……」

俺は何かを失ったように、ショーコの言葉を反芻していた。

「うっわー、図星じゃぁ。うちショック〜」

自分で言っておいて、本当にショックそうな顔をするショーコ。自由だな、と思う。

「なんで図星だと思うんよ」

俺の言葉にショーコは何かを考えて、そして何か閃いたように「あ！」と言った。

「目は雄弁に金をくれるって言うじゃろ！」

「…………『雄弁は銀、沈黙は金』、『目は口ほどにものを言う』だろ……」

「……」

「……」

目を反らすな、目を！

はぁ、と溜息をつきながらも、息を吐いた分、心が軽くなったような気がした。ショーコの不思議で陽気な雰囲気は、やはり俺を救ってくれた。いつの間にかそのペースに乗せられて、なんだかんだで会えることを期待していたのかもしれない。

誰かとかかわるってことは中途半端じゃいられないから。ショーコのことを知ろうとしたのはその覚悟をしても良いな、と思ったからだった。

「お前さ、だいたいいつまでここにいるつもりなん——」

俺は言いかけた言葉を呑みこんだ。

視界の隅に映ったあるものに目を留めた。旧校舎の前の中庭に、セーラー服の少女が壁にぐったりともたれて座っていた。普段は誰も近付かないその場所で、休憩する人がいるなんて、それは少し不思議な光景だった。上から覗き込んで注視した。

おかっぱで黒髪の、それはよく知った顔。

「——灯！」

叫ぶよりも早く足が動いていた。考えるよりも先に身体が、皮膚が、細胞が反応していた。

「先輩!?」

ショーコの声が後ろに聞こえていた。しかし脳には届かない。

目に映るのは、ぐったりと旧校舎の壁にもたれて倒れていた、灯の姿だけ。

扉を開けて、階段を下りて、廊下を駆けて、裏庭に。いつもより速く、もっと速く、俺は走って、そして灯の許へ辿り着いた。

手にしていた灯籠をその辺に投げて、駆け寄った。

「灯！　灯！　灯！」

彼女を揺り動かす。倒れている彼女の顔は土気色で、泣きはらした痕がありありと見てとれた。痛々しいその姿。

「……おい！　おい！　おい！　灯！」

呼びかけに灯の瞼が微かに動く。そしてゆっくりと開かれていった。

「しょうぞぅ……」

嫌な響きが鼓膜を震わせた。

「灯！　しっかりしんさい！　灯！」

思わず出た言葉に、少しだけ叱責が混じっていた。

「……え、清水クン？　どうして？」

「それはこっちの台詞じゃろ。こんなとこで何しよんよ？」

灯の周りには木の板が何枚か落ちていた。少し見上げると、ちょうど真上の窓の板が外れていた。打ちつけられていたはずの板——剝がしたのは多分、灯なのだろう。

「私……私……」

灯は少し混乱しているようだった。まるで夢から覚めて現実と夢とを混同しているような、そんな感じ。その証拠に、灯の体は寝汗でもかいたようにびっしょりと濡れていた。

　暑さに負けた頬が上気している。

「まさかわざわざ学校まできて昼寝ってことはないじゃろ？」

　俺はバランスを取るように片膝を突いた。そして彼女の頬に手を伸ばす。汗で頬に張り付いた髪の毛を、一本一本剝がしていく。触れる指先が震えないように平静を装った。

「私……行かんと」

　灯が言った。『行く』？　どこへ？　なんて、訊かなくても分かるよ。

「また、あいつんとこ？」

「…………」

　押し黙る灯の苦しそうな顔が許せなかった。

「そんなに辛いならやめりゃーいーじゃん」

「え？」

「やめろよ」

　伸びている彼女の綺麗な足の上に跨がり、顔を挟むように両手を壁に突いて彼女の退路を断った。灯の顔が間近に迫る。……涙の筋。懊悩《おうのう》した痕。どうせまた一人で……。

あんたはどれだけあいつのために泣いて苦しんだら気が済むんだろう？

「楽になりたいんじゃろ？　何にそんな未練があるんよ？　いい加減諦めろよ！」

あんたはあいつのことしか見えていない。

「何……？　そんなの清水クンに関係ないじゃん！」

だからそんな無神経なことが言えるんじゃ！

「あるよ！　大ありなんだよ！　あんたいっつも悲しそうな顔してんだよ！　今だって、なんだよその顔！　『大泣きしてました』って書いてあるんだよ！」

いつの間にか彼女の鼻先で叫んでいた。だけどどんなに近くにいたって、触れたって、あんたには近付けない。あんたの側にはいけないんだ。

だけどあんたが泣くから、寂しそうに泣くから……

「行くなよ……！」

俺まで哀しくなるんだよ。

目の前がじんわりとぼやけた。彼女の顔が哀しく揺らぐ。

今日だけで良いから、今日だけ俺の傍に……なんて、馬鹿みたいな願い。だけどさ、あんたはさ、そんなことさえ叶えてはくれないんだ。

「――どいて。どいてよ！　私は行かんといけんのんよ！　どうしても確かめなきゃならんのんよ！　じゃないと、私は……私は……、前になんて進めんけぇ!!」

灯が必死で、俺のシャツを摑んで、しゃくり上げながらドン、ドン……と、俺の胸を叩いた。

「これが……これが……っ、最後じゃけぇ…………！」

弱々しいその拳。だけど強い意志で俺を叩いた。

「私は正造が好きじゃけ……っ」

そんなこと知っとるよ。

「大好きじゃけぇ！」

そんなこと知っとるんじゃ！

「……灯」

俺の胸を叩き続ける灯の手首をぎゅっと摑んで、叩くのを止めさせた。そして――

彼女を抱き寄せた。

「泣くなよ。俺があんたを泣かせたら、意味、ないけぇ……」

笑って欲しかった。変な洒落も嫌味な言葉も、全部あんたに笑って欲しかった。笑ってくれなくても、泣くよりはましだと思って怒らせとったなんて、やっぱり……怒るんかな？　でもいいよ。泣くよりは全然いいけぇ。

もう一度灯を抱く手にグッと力を込めて――そうして、俺は彼女から離れた。

立ち上がって去っていく彼女を見ることが出来ずに、その場に崩れ落ちる。

あんたの選択は間違ってる。分かっているけど止めることができなかった。だって、俺も同じだから……同じ想いを背負っている。身悶えるようなこの気持ちを止めることができるなら、こんな不毛な想いはさっさとどこかに捨てていた。

「なんでここに……？」

灯が呟いた。一瞬なんのことだか分からなかった。しかしすぐに思い当たる。

「それ、見つけといた」

俺は嘘を吐いた。

自分で盗った灯の盆灯籠。それをどこぞのヒーロー気取りで彼女に返してあげたのだ。

「あ、ありがとう……！」

そして何も知らない灯が礼を言う。

俺の心は死んでいく。それに駄目押しするかのように、

「本当にありがとう——」

彼女は心からの礼を言う。そう、彼女はそういう人だった。

俺の心は——

「ひとつだけ」

俺は言った。

「あんたの行くその先に未来なんて……ないんよ」

＊＊＊

屋上から見えるのは、四方を山で囲まれた小さな町。その中に三万もの人が生きていて、毎日を過ごしている。町花はひまわりで、夏に咲く元気な花だ。今も、町のいたるところで、太陽に向かってその花を開かせている。

ここからは、ピンク色をしたうちの病院もよく目立つ。あの中では父や母が働いている。前はその大きさに押し潰されそうになったこともあったけれど、今見れば、あんなにも小さくて、笑えるほど可笑しな色をしている病院だった。そうやって客観的に見られるようになった。

きっとあの病院を継いでいくのは教師になった私ではなくて、弟だけれど。

私の家はあそこしかないのだと、もう知っているから。

後で家に帰ったら、母に砂糖たっぷりの紅茶を入れてあげよう。弟に会ったら遊ぶよりも勉強をみて、しごいてやろう。父とは酒でも呑んで、昔の恋の話でもしてみようか。ガールズトークならぬ、ボー……おっさんトークか、ちょっとキツいなぁなんて、そういう楽しみもあるんだ。

愛おしいこの町。

ここには幼稚園、小学校、中学校、高校、専門学校まであって、町から出ることなく、この中で生きていくことも十分できた。行きつけの本屋や、スーパー、お好み焼き屋、自衛隊まであったんだから。

この町で生まれ、この町で生きる。

彼女に出逢って恋をして、そう覚悟を決めた。

自分の運命とか、嬉しいことも、哀しいことも、全部受け入れて生きていける……はずだった。

だけど――

屋上で、暫く、ショーコと懐かしい思い出話をした。

その中で、

「そーいえば先輩。昔、灯籠持ってここに来たよね。息切らしながら走ってさ……盗んだ灯籠で走り出す！　みたいな」

ショーコは問うてきた。

「なんでだったん？」

カンが良いのは相変わらずで、流してくれれば良いのに、核心部分をズバッとついてくる。これが無意識なんだから、ショーコは恐い。

勿論、忘れてなどいない。

私はあの感触を忘れない。

灯籠の竹の柄は冷たくて堅かった、そしてそれを握った瞬間、その感触は、灯の心を踏みにじった感触に変わったのだ。

何故、盗んだのか。

それはその質問の答えではなかったけれど、答えるとするなら、

「未練があると逝けないんよ」

青い空に向けてそう告げた。


あれ以来、私が灯を視ることはなかった。

彼の元へ行ったのか、それとも――

もともと幻だった彼女を、昔から視えてしまう私が視ていただけで、あるべき姿に戻っただけかもしれなかった。

薄い奇跡で繋がっていた私たち。

生きていると思い続けていた彼女。

その彼女に嘘を吐いて、傷付けた……

そんな私には、もう視る資格がないのかもしれなかった。

彼女の思い出が詰まるこの土地にいることが辛くて、逃げるようにこの町を後にした。

だってここには、彼女が残り過ぎている。溢れすぎている。

ふとした瞬間に、振り向いて、探してしまうから。
秋の紅葉のような唇も、
冬に降る雪のようにきめ細やかな肌も、
春のような匂いも、
夏の、この暑さこそが――

カンカンカンカン……。

塔屋の中から階段を上ってくる音が聞こえた。

「あれ、清水先生。こちらにおられたんですか？　鍵開いてました？」

先程、職員室で挨拶をした教員が、驚いた表情を浮かべて入口に立っていた。後ろで髪をひとつにまとめてジャージを着ている、若い女性教師だった。

……そうだ。ここの鍵を持っているのは内緒だった。

バレると中々やっかいなことになりそうだったので、慌てて言い訳を考えた。

「ええ、開いていたので、生徒が入り込んでないかと見ていたところです」

「そうだったんですか、すみません。変ですねぇ……いつもはしっかりと施錠してるはずなんですけど……」

不思議そうに首を傾げる同僚は、続けてこう言った。

「それにここは……昔、事故があって封鎖されてるんです」

この場合、屋上という場所での『事故』というのは一つしか思い浮かばない。

「清水先生もこの学校のご出身ですからご存じでしょうけど……」

確かに知っていた。その事故は、私が在学中にも、大なり小なりの噂が飛び交っていて、それこそショーコ自身の言い方を借りるなら、尾ひれと背びれ、ついでに胸びれもついて、噂が一人歩きしていたから。

だから誰も近付くことのないこの場所は、私の安息地だった。

しかし目の前の若い同僚は、胡乱《うろん》な口ぶりでこう言うのだった。

「ですからその……あまりお一人で、ここには来ない方が宜しいですよ」

まるで自分が言ったことを恥ずかしいことだとでもいうように、体をモジモジさせた。

私はそれを気遣うように、優しい笑顔で返事をした。

「えぇ」

そして「行きましょう」と屋上の入口に促した。

私は扉を閉める——その前に屋上を見渡した。

燦々《さんさん》と降り注ぐ太陽の光を浴びて、コンクリートが熱を帯びる。

そこに流れる風が、頬を撫でて、私を優しく包んでいった。

「……」

一瞬、流れていく風に乗って灯籠の金紙の飾りがたゆたって見えたのは……私の気のせいだろう。

そして私は、

誰もいない屋上を、後にした。

盆は死者が帰ってくる——そういう季節。

あとがき

広島から東京に出てきてから、五年半が過ぎました。広島と東京は遠く、なかなか気軽に帰れる距離ではないのですが、私は今、実家から東京に戻る新幹線の中にいます。というのも、友人の結婚式が地元で行われることになったので、一週間ほど帰省することが叶ったからでした。結婚式も無事に見届け、マツダスタジアムでカープの試合を観戦することもでき、ほくほくした気持ちで実家を出る際に、一通の手紙がポストに届けられました。実家を出た私に、私宛の手紙が届くこと自体、希なことなのですが、それは奇妙なことに、実家に住む姉から私に送られた手紙だったのです。普通、姉から手紙が届くのなら東京の住所に送られるはずです。おかしいなぁ、と思いつつ中を見ると、それは十年前に出された手紙でした。

広島では毎年GWに行われるフラワーフェスティバルというお祭りがあります。二〇〇二年に行われた、そのフラワーフェスティバルのイベントから出された『みらいへの手紙』でした。中を読むと、「今日は模試とクラブがあった」という他愛もない雑談から始まり、「ちかの小説家&漫画家になる夢は叶うのでしょうか?」という一文がありました。言葉を失いました。私は十年前、高校二年生のその日、確かに話を作る人に憧れ、志していたのです。そして、あと一日、いや数時間でも家を出る時間がずれていたら、私はその手紙を直接受け取ることはなかったのです。小説を出すこと。友達の結婚式があったこと。色んな偶然が重なって、それは起こりました。まだまだ夢が叶ったなんていえるような立場ではないですが、着実に一歩ずつ進むことのできたこの五年半を思い返しながら、私は今、新幹線に乗っています。

この灯籠というお話は、八年前に私が考えた話です。元々は漫画を描こうと思って切った十六ページ作品のプロットだったので、今見返すと清水クンは出てこないし、正造も名前すら付いていませんでした。しかし、その次に書いたプロットでは正造という名前がちゃんと書かれていました。どうやら私は、普段から話を考える際には紙に書き殴るという癖があるようで、同じ話を書いたプロットが出てくる出てくる……。最早、前に書いたことを忘れて、もう一度書いたんじゃないのかという疑惑さえ出てきそうな枚数でした。そんな何度も練り直してきた灯籠を小説にしようと思ったのは、二年前に広島に帰る新幹線の中で、清水クンが生まれたからでした。読まれた方はお気付きかと思いますが、冒頭のくだりです。普段は東京－広島を隔てる長い距離を感じさせる新幹線が苦手な私も、書き始めも、書き終わりもこの新幹線で書いたとなると、チケット代を経費に加算するしかありません。……とまぁ、そんな冗談はさておいて、そのおかげで二話を思いつき、小説として書くことができました。

書き上げた今は、ただ、ただほっとして気が抜けているところです。新幹線で乗り過ごしたら洒落にならないので、最後は気を引き締めてお礼を申し上げたいと思います。

私の永遠の第一読者である母と、私の夢を十年前から応援してくれている姉と、灯籠を作ってみたいという私の要望を叶えるために、わざわざ山から竹を切ってきてくれた父に最大の感謝を。

そして出版に関しまして多大な尽力を賜りましたサチさん。的確なアドバイスをくださったにゃ～ちゃん。素敵すぎるイラストを描いてくださった片山若子さま、イラストを描いてくださることを知ったその日に、画集『渋皮栗』を買いに走ったミーハーな私をどうぞ笑ってやってやってください。そして帯に身に余るコメントを寄せてくださいました大林宣彦監督。大林監督にコメントを頂くことが決まって、一番悔しがっていたのは地元の友達で、一番喜んでいたのは母で、一番信じられない気持ちでいっぱいだったのは私です。本当に、本当にありがとうございました。

たくさんの方がこの本にかかわってくださっていて、全員に謝辞を述べたいのですが、そんなことをしてしまったら枚数オーバーで担当編集さまの仕事を増やしかねないのでやめておきます。担当さんはいつも電話をする時に「かけてしまってすみません」とすごく丁寧で、なぜか低姿勢な方なのですが、私がパーソナリティを務めているラジオの放送で本書を紹介したという話をしたところ、もの凄くキラキラした目をして「音源いただけますか？」と訊いてきた――獲物を見つけたような笑顔は忘れません。自分の本を自分で紹介する時の恥ずかしさと言ったら……！　ですが、たくさんの方にこの話を届けるためにも、この羞恥心はそっと胸にしまい込み、頑張って完璧な紹介をし続けたいと思います！

最早なんの宣言か分かりませんが、夏の広島の風物詩ともいわれる、カラフルな盆灯籠の鮮やかさを、少しでもみなさまの頭の中に浮かべることができたのならば、これ以上のことはありません。

この作品を読んでくれたすべてのかたに、感謝を込めて。

うえむらちか

ブログにも
灯と正造の掌編を載せて
いますので、
よかったら遊びに来てください
http://ameblo.jp/chika-uemura/
Twitter:@UemuraChika

本書は書き下ろし作品です。

ススキノ探偵／東直己

探偵はバーにいる

札幌ススキノの便利屋探偵が巻込まれたデートクラブ殺人。北の街の軽快ハードボイルド

バーにかかってきた電話

電話の依頼者は、すでに死んでいる女の名前を名乗っていた。彼女の狙いとその正体は？

消えた少年

意気投合した映画少年が行方不明となり、担任の春子に頼まれた〈俺〉は捜索に乗り出す

探偵はひとりぼっち

オカマの友人が殺された。なぜか仲間たちも口を閉ざす中、〈俺〉は一人で調査を始める

探偵は吹雪の果てに

雪の田舎町に赴いた〈俺〉を待っていたのは巧妙な罠。死闘の果てに摑んだ意外な真実は？

原尞の作品

そして夜は甦る

高層ビル街の片隅に事務所を構える私立探偵沢崎、初登場！　記念すべき長篇デビュー作

直木賞受賞

私が殺した少女

私立探偵沢崎は不運にも誘拐事件に巻き込まれる。斯界を瞠目させた名作ハードボイルド

さらば長き眠り

ひさびさに事務所に帰ってきた沢崎を待っていたのは、元高校野球選手からの依頼だった

愚か者死すべし

事務所を閉める大晦日に、沢崎は狙撃事件に遭遇してしまう。新・沢崎シリーズ第一弾。

日本冒険小説協会賞最優秀短編賞受賞

天使たちの探偵

沢崎の短篇初登場作「少年の見た男」ほか、未成年がからむ六つの事件を描く連作短篇集

著者略歴　1985年広島県生，作家・タレント　著書『ヤヌス』

HM=Hayakawa Mystery
SF=Science Fiction
JA=Japanese Author
NV=Novel
NF=Nonfiction
FT=Fantasy

灯《とう》　籠《ろう》

〈JA1069〉

二〇一二年六月　十　日　印刷
二〇一二年六月十五日　発行

（定価はカバーに表示してあります）

著　者　うえむらちか
発行者　早　川　　浩
印刷者　西　村　文　孝
発行所　株式会社　早　川　書　房

郵便番号　一〇一 - 〇〇四六
東京都千代田区神田多町二ノ二
電話　〇三 - 三二五二 - 三一一一（大代表）
振替　〇〇一六〇 - 三 - 四七七九九
http://www.hayakawa-online.co.jp

乱丁・落丁本は小社制作部宛お送り下さい。
送料小社負担にてお取りかえいたします。

印刷・精文堂印刷株式会社　製本・株式会社フォーネット社

ISBN978-4-15-031069-1 C0193

本書は活字が大きく読みやすい〈トールサイズ〉です。